KB105329

기다린 날이 왔어요!

엄마들이 눈물로 지켜낸 가수 황영웅 이야기

조갑제 쓰고 엮음

조갑제닷컴

"제겐 가슴으로 낳은 자식이 있습니다.
가슴에 녹이 슬어 삶의 리듬을 잃고 있을 때 늦둥이로 신께서 주신 선물이죠.
그에 대한 제 사랑이 애처롭기까지 하지만 사랑을 할 수 있음에 감사하고
더 많이 줄 수 없음을 아파합니다."
– 인화

차례

9

황영웅 신드롬:
죽이기와 살리기, 먹물과 눈물의 대결

인생아, 고마웠다

2023년 3월24일 점심식사 자리에서 핸드폰으로 황영웅의 '인생아 고마웠다'를 틀었다. 참석자는 세 명. 해방둥이인 필자(78세), 중앙부처 차관 출신 예비역 중장(85세), 중앙부처 차관 출신으로 국회의원을 역임했던 여성(83세)이었다. 두 분은 광화문의 애국집회엔 빠짐없이 참가하는 행동파 애국시민이기도 하다. 세상 돌아가는 데 늘 적극적인 관심을 가진 덕분인 듯 정신적으로나 육체적으로 건강 그 자체이다. 내가 먼저 황영웅 이야기를 꺼냈다.

"요사이 제가 많이 배우고 있습니다. 한국엔 정말 열심히 살아가다가 상처 입은 사람들이 많은데 60대 이상이 대부분인 이들을 대변해 주는 세력이 없다는 것을 알았습니다. 홀연히 황영웅 가수가 나타나 노래로 이들을 위로했는데 기자들이 다 끝난 7년 전 일을 가지고 선동질하여 그를 하차시킨 뒤 마음의 큰 상처를 입고 있던 차 제가 황영웅 변호 동영상을 올렸더니 댓글이 수천 개씩 달리는데, 그렇게 곱고 여리고 아픈 사연들을 읽고는 지나칠 수 없어 매일 댓글 편지들을 읽어주고 있습니다. 치열한 생존경쟁에서 넘어지고, 병들고, 남편과 사별(死別)하고, 아들을 가슴에 묻고, 우울증으로 고생하고, 암투병 중인 이들이 그런 고통 속에서도 이렇게 고운 마음을 유지하고 있다는 것이 신기하기도 합니다. 그들이 하루에도 수십 번씩 듣는다는 노래가 이겁니다."

두 분은 '인생아 고마웠다'를 들어보자고 했다. 핸드폰을 꺼내 틀었다. 문을 닫고 음량을 높였다. 황영웅의 깊은 저음으로 시작되는 노래가 흘러나왔다. 숙연해졌다.

인생아 고마웠다 — 작사 작곡 / 알고보니 혼수상태, 노래 / 조항조

사람이 나를 떠나도
세상이 나를 속여도
내 곁에 있어 주어서
인생아 고마웠다
사랑이 나를 떠나도

그것은 내 몫이라고
나에게 말해 주어서
인생아 나 부탁을 한다
나 두 눈 감는 날에는
잘 살았다고 훌륭했다고
그 말만 해주라
눈물이 많은 삶이어서
고생했다 말해 주라
배운 게 많은 삶이어서
아름답다 말해 주라

인생아 고마웠다
빈 몸으로 태어나도
많은 걸 채워 주고
빈 몸으로 보내 주어서
인생아 나 부탁을 한다
나 두 눈 감는 날에는
잘 살았다고 훌륭했다고
그 말만 해주라
눈물이 많은 삶이어서
고생했다 말해 주라

배운 게 많은 삶이어서
아름답다 말해 주라
인생아 고마웠다
인생아 내 인생아
참 고마웠다
인생아 사랑한다
인생아
사랑한다

아픈 사람의 마음은
바람만 스쳐도 더 아프답니다

노래가 끝났다. 두 분은 감동했다. "야, 정말 좋네요." 내가 이어서 조갑제TV 동영상에 붙은 3월18일자 댓글 내용을 소개했다.

▶ 제가 오늘 야근을 하는데 어느 환우 분 모습을 보고 깜짝 놀랐습니다. 어디에서 들릴 듯 말 듯 가느다란 소리가 나, 소리 나는 쪽으로 가 보았는데 환우 분이 황영웅님 노래 '인생아 고마웠다'를 들으시며 가슴에 핸드폰을 안고 주무시는 모습을 보면서 눈물이

나왔습니다. 그분은 많이 아프신 시한부 환우 분인데 노래는 듣고 싶고 옆사람에게 피해 주지 않으려 핸드폰을 수건에 싸서 가슴에 묻고 황영웅님 노래 들으시면서 잠든 모습이 너무나 가슴 아프고 애처로웠습니다. 이렇게 황영웅님 노래가 이러한 분들에게 심금을 울립니다. 저도 그분 모습을 보고 너무 가슴이 무너지도록 아팠습니다.

이 편지를 소개했더니 수많은 댓글들이 달렸는데 그중 세 개를 방송에서 읽어주었다.

▶ 또 울컥합니다. 어느 삶인들 눈물 없고 힘들지 않겠는지요. 그래도 내 생애 마지막 날 '인생아 고마웠다'고 말하며 갈 수 있으면 좋겠습니다. 섬세한 가사에 깊은 울림이 있는 황영웅 가수님의 목소리가 합해져 더할 수 없는 감동을 느낍니다. 듣고 또 들어도 새삼 감동스럽습니다. 시한부 선고 받으신 환우님, 누가 무슨 말을 한들 위로가 되겠는지요. 그래도 황영웅님 노래로 큰 위로 받으신다니 참으로 다행입니다. 황영웅 가수님! 당신은 그런 분이십니다. 힘든 거 이겨내시어 돌아오시기 바랍니다.

▶ 조갑제 선생님 감사합니다. 아픈 사람의 마음은 바람만 스쳐도 더 아프답니다. 읽어주신 글에 하염없이 눈물이 납니다. 노래로

아픔을 조금이나마 견디고 계실 환우 분님 힘내시길 바랍니다!

▶ 어렸을 때 너무나 가난하여 쌀밥은 설·추석, 할아버지 생신 때나 먹어보고 컸지요. 아무것도 없이 시작한 결혼. 그저 안 먹고 안 입고 당장 숨넘어가는 것 아니면 돈 안 쓰기로 하고 십 년을 저축해서 좀 큰돈을 모아서 사업에 '사'자도 모르면서 사업을 시작해서 일 년도 안 되어서 다 털어먹고 빚만 동그랗게 짊어지고 아이들 남매를, 초등학교를 네 군데씩이나 전학을 시키고, 중·고등학교 다니는 아이들과 아홉 평 영구 임대에서 십 년이 넘게 살고 우리의 삶은 정말 처절 그 자체였어요.

황영웅 가수의 '인생아 고마웠다' 노래가 제 인생에 위로곡이 되었어요. 제 나이 칠십이 되었네요. 굽이굽이 눈물이 많은 삶이었어요. 아들 결혼시키고 한창 재롱부리던 세 살짜리 손녀를 하늘나라 먼저 보내고 아들이 삶의 끈을 놓으려고 몸부림치는 모습을 지켜봐야 하는 애미는 매일 가슴속에 불덩어리를 안고 살았지요. 시나브로 십여 년의 세월이 흘러 이제 아픔에 굳은살이 박여서 그냥그냥 살고 있는데 어느 날 명문대 나온 딸 아이, 외국에서 직장 생활 잘하고 있더니 노숙자가 되고 머리를 이상하게 자르고 완전 거지가 되어 집엘 왔어요. 너무나 놀라서 정신과에 데리고 갔더니 조현병이라고, 정말 몸이 부들부들 떨렸어요. 차라리 외상(外傷) 이면 얼마나 좋을까요. 사십대 중반인 딸 아이 인생 눈물만 납니다. 이래도 '인생아 고마웠다'고 내가 나를 위로하면서 눈물바람을 하고 살고 있어요. 한세상 살기가 왜 이렇게 힘이 드는지요, 나만 이런가요.

"전과자 황영웅, 갱생 실패"

이런저런 이야기를 하는데, 내 앞의 83세 할머니가 두 눈을 감싸며 흐느끼는 것이었다. 예비역 장성 출신 할아버지도 눈물이 글썽했다. 원래 목석 같은 나도 눈물을 참아야 했다. 그런데 '녹차'란 그 댓글 필자가 4월9일자 조갑제TV 동영상에 이런 댓글을 달았다.

▶ 선생님 안녕하세요. 황영웅 가수의 '인생아 고마웠다' 노래를 수건에 싸서 들으시던 환우 분이 돌아가시기 전 황영웅 가수를 TV에서 한 번 보고싶다고 하셨는데 못 보고 유명을 달리했습니다. mbc 언폭(言暴)이 이렇게 잔인합니다. mbc는 그들이 얼마나 잔인한 짓을 대한민국 국민한테 저지르고 있는지 깨닫지 않고 뻔뻔합니다. 하느님 mbc 방송에 천벌을 내리세요. 황영웅 가수의 노래로 서민들이, 아둔한 노인의 팬심이, 위로 받고 치유 받는 소박한 바람을 mbc가 망쳤습니다. 뻔뻔하게 사과

방송 없이 시청자를 무시합니다. 선생님 죄송합니다. 너무 울분이 터져 그냥 하소연합니다.

imbc 연예판은 지난 3월 초 〈전과자 황영웅, 갱생 실패… '불타는 트롯맨' 불명예 하차〉란 제목의 기사를 올렸다. 제목에서 기자의 오만이 물씬 풍겼다. 현재의 황영웅은 가수이지 '전과자'가 아니다. 전과자란 직업은 없다. '전과자 황영웅'이라고 해놓으면 이 사람의 모든 행위를 전과(前科)와 묶어버린다. '갱생 실패'라는데 저렇게 노래를 잘 불러 수많은 사람들을 위로하는 것 자체가 갱생하고도 남는 삶을 살고 있다는 증거가 아닌가. 제목에 들어간 '전과자', '갱생 실패', '불명예 하차'를 모으면 이건 인격살해 아닌가? 참고로 국민 대비 벌금형 이상 전과 비율은 약 30%이다. imbc식이라면 '전과자 이광재' '전과자 이재명' '전과자 정청래' 등 천만 국민 이상을 그렇게 표기해야 하고 '전과자 방송 mbc'라고 해야 공평하다.

이 기사는 이렇게 흘러간다.

〈지난달 22일 한 유튜버가 제기한 황영웅의 전과 의혹 폭로는 '불타는 트롯맨'과 시청자들을 발칵 뒤집어놓았다. "황영웅에게 폭행 피해를 당했다"고 주장한 A씨. "황영웅이 주먹질을 했고, 내 얼굴에 발길질을 했다. 황영웅은 친구들을 회유해 쌍방 폭행을 주장했고 나를 맞고소했다"고 밝혔다. 빙산의 일각이었다. 물꼬 튼 A씨의 폭로는 걷잡을 수 없는 폭로의 물길을 만들었다. 학폭, 데이트 폭력, 자폐아 괴롭힘 등 과거사 폭로가 쏟아진 것. "파도 파도 괴담만 나온다"는 누리꾼들의 반응이 이어지며 하차 여론에 더욱 불을 붙였다.〉

기사는 일방적 주장을 모두 사실로 단정하고 있다. 기자로서 주장의 사실여부를 확인하기 위한 노력을 했다는 흔적이 전혀 보이지 않는다. 기사는 〈전방위적 압박에 황영웅은 결국 자진 하차를 택했고, 갱생을 향한 여정은 막을 내렸다〉고 선언했다. 노래가 좋아서 노래 부르려고 나온 사람을 멋대로 '갱생을 위한 여정'이라고 단정했다. 그래서 내가 이런 보도를 '학폭'보다 더 무서운 '언폭'(言暴)이라고 작명했더니 꽤 유통되고 있다.

한국 언론의 문신 공개는 명백한 범죄행위

imbc는 상금 6억 원을 눈앞에 두고 물러난 황영웅에 대한 공격을 멈추지 않았다. 지난 3월7일에도 〈다수의 폭행 가해 의혹으로 은퇴 수순을 밟고 있는 '불타는 트롯맨' 출신 가수 황영웅을 옹호한 시인 겸 평론가 김갑수의 발언이 도마 위에 올랐다〉면서 황영웅 동정론까지 비판했다. 29세 신인에게 '은퇴 수순'이라니?

imbc 기사는 보도문 형식을 빈 준엄한 선고문처럼 흘러간다. 〈본인 역시 이를 인정하고 은퇴 수순을 밟고 있다〉고 왜곡한 뒤 〈김갑수의 말대로 옹호 세력이 있으나, 그저 트로트를 사랑하는 무지한 노인들의 아둔한 팬심일 뿐이다〉라고 노인 폄하를 서슴 지 않는다.

〈교복에 반팔 문신을 하고 장애인 학우, 여자친구, 친구 등을 막론하고 주먹질을 했다는 의혹을 받는 인물이다〉라고 하더니 〈발 전해 앞으로 나아가야 할 우리 사회에서 다시는 성공해선 안 될 연 예인이 바로 황영웅이다〉라고 인생실패를 선포했다.

이 매체는 그런데 실수를 했다. 〈교복에 반팔 문신을 하고〉라면 서 황영웅의 문신 사진을 올린 것이다. 헌법 제17조는 "모든 국민 은 사생활의 비밀과 자유를 침해 받지 아니한다"고 했다. 문신은 사생활이고 신체상의 비밀이다. 관련 법령을 본다.

〈정보통신망이용촉진 및 정보보호 등에 관한 법률 제70조(벌 칙) ① 사람을 비방할 목적으로 정보통신망을 통하여 공연히 사 실을 적시하여 타인의 명예를 훼손한 자는 3년 이하의 징역이나 금고 또는 2천만원 이하의 벌금에 처한다.〉

한국 언론이 공인(公人)도 아닌 신인가수의 신체상 비밀을 이렇 게 널리 알린 것은 일종의 사이버 테러이고 전형적인 언폭이다. 문 신은 비판의 대상이 될 수 없는 개인의 자유 영역이다. 그 문신 모 양이 어떠하든 신체의 비밀에 속하므로 공개적 비방 자체가 자동적으로 명예훼손이다. 황영웅 문신을 조폭과 연관시켜 설명한 경우가 많은데 이는 고의적 비방으로서 공익과는 관계 없는 범죄행위이다.

여기서 의문이 드는 것은 이렇게 많은 언론사들이 왜 황영웅 문신 사진을 올리고 지금도 내리지 않고 있는가이다. '황영웅은 이른바 공돌이 흙수저니까, 언론 앞에선 맥을 못 추는 가수니까'라는 일종의 계급차별 의식이 작동한 것은 아닐까?

'비나리'를 부른 두 사람

그렇게 생각하던 차에 조갑제TV 동영상에 E란 분의 긴 댓글이 달렸다.

▶ 저는 주필님께 불타는 트롯맨 듀엣 '비나리'를 한번 봐 주십사 감히 청합니다. 두 사람이 같이 서있는 사진은 시사하는 바가 크다고 봅니다. 한쪽은 한국 최고 학벌과 모든 것을 갖춘 분이고 황영웅 가수는 공장에서 일하던, 배움도 짧고 가진 거라곤 타고난 재주 하나밖에 없는 사람입니다. 이 두 사람은 한국 사회에서 이 경연 무대가 아니었다면 서로 만날 일이 전혀 없었을 겁니다. 이 사회는 지금 학벌, 빈부(貧富), 부모 찬스, 하다 못해 키와 외

모로까지 사람을 줄세우고 있습니다.

말씀하신 대로 아무것도 없는 황영웅 가수는 언론에서 만만하게 봤습니다. 공돌이고 흙수저이니까요. 언론에서는 기울어진 운동장에 분노한다면서도 황영웅 씨와 같은 사람에겐 너무 쉽게 돌을 던지고 있습니다. 황영웅 씨가 학벌, 부(富)와 부모 찬스까지 모든 걸 가졌다면 언론에서 이리도 잔인하게 물어 뜯을 수 있을까요?

22세 쌍방 폭행. 사건 이후 각성하고 6년간 자숙하며 열심히 공장에서 일했습니다. 황영웅 씨 인생의 전환점이라 봅니다. 그 6년간 공장에서 열심히 일한 시간은 아무도 말해 주지 않고 그 전의 잘못만 갖고 과도하게 매도하고 있습니다.

누가 봐도 만만하니까요. 평평한 운동장을 원한다면 언론에서부터 자극적인 한 줄 기사가 아니라 냉정한 사실 보도를 했어야 옳았습니다. 그 형편에 50만원의 벌금과 합의금은 굉장히 무거운 벌이었을 것이라 생각됩니다.

그 사건 이후 소위 말해 철이 들어 열심히 살려고 하는 재주가 탁월한 사람입니다. 사회에서 교화의 목적이 있다면 그에게 기회를 줘야 합니다. 끝으로 주필님과 같이 저도 '빈지게', 황영웅 씨의 노래를 더 좋아합니다. 그 절절한 목소리를 듣고 있으면 술 전혀 못 하는 저도 한잔하며 '빈지게' 내려놓고 '술아 내 맘 알겠니' 하고 싶습니다.

"무슨 사람을 패 죽인 줄 알았다"

다음에 소개할 글은 '조갑제닷컴'에 '태극당'이란 회원이 붙인 댓글이다. 황영웅 사태에 관하여 가장 논리적인 명문(名文)이라고 생각하여 좀 길지만 전문(全文)을 싣는다. 기자들의 글 수준과 비교하면서 읽어보시기 바란다.

▶ 무슨 사람 죽인 줄 알았다. 분별력 잃은 언론이 만드는 위선적 도덕 전체주의화가 계속 사람 잡고 있다. TV는 거의 안 봐서 잘 모르겠고 하여간 근래 활자 매체에서 황영웅이라는 사람 얘기가 제법 나오더라. 폭력이 어떻고 문신이 어떻고 여기저기 말이 많기에 처음엔 황영웅이란 젊은이가 무슨 사람을 패 죽인 줄 알았다. 보니까 황영웅에 대해 문제점 지적을 한 기사들이 많던데, 그래 뭐 언론의 그런 지적이 옳다고 치고, 근데 그런 식이라면 우리는 이제 밖에서 밥도 제대로 먹기 힘들어진다. 한번 보자.

노래로 1등을 뽑는 경연 프로그램은 출연 가수들의 전과(前科) 조회를 할 권한도 의무도 없다. 노래 경연은 추기경이나 조계종 종정을 뽑는 자리가 아니잖아. 그냥 청중이 노래를 듣고 마음에 드는 가수를 점찍으면 그만이다. 노래 부르는 소리가 좋다고 했지 누가 가수 인격이 예수 같아서 좋다고 했나.

공인, 공인 하던데, 도대체 공인은 뭔가? 기준이 법에 나와 있나? 방송에 자주 나오면 무조건 공인인가? 그냥 대중에게 유명하기만 하면 공인인가? 사람을 많이 상대하는, 대중 앞에 서는 직군(職群)에 있기만 하면 공인인가? 그러면 유명한 절도범, 방송 출연한 적 있는 조폭 두목들도 공인인가? 유명한 식당 주방장도 공인인가?

좀 못난 놈이 TV 나오면 안 되나? 내가 보기 싫은 자가 TV에 나오면 채널을 돌리면 된다. 힘 있는 자들이 내가 싫어한다고 사람을 TV에 못 나오게 두들겨 패는 세상은 곧 깡패 같은 세상이 된다. 일정한 과오에 대한 진심 어린 반성은 당사자가 하는 것이고, 그것은 그 사람의 인격, 양심 문제이지 노래 부르는 조건은 아니다. 과오에 대해 정말로 반성을 했는지 안 했는지는 당사자가 아니면 알 수 없는 일이고.

어떤 이가 TV에 나와서는 안 되는 것인지는 현재 범법자인가 하는 점과 방송국 입장에서 시청률에 아무 도움이 안 되는 자인가에 달려 있는 것이지 여론을 선동할 힘을 가진 자들의 입맛에 달린 문제가 아니다. 공중파(지상파)는 결국 우리 모두의 것이지 힘센 놈, 도덕군자들의 전유물은 아니다. 듣기 싫은 노래에 채널 돌릴 권리와 자유가 있듯이 내가 좋아하는 노래 들을 권리도 있는 것이다.

대중 앞에 나서는 다른 일과는 달리 방송 출연이란 신성한 것이라 치자. 그래서 그런 데에 나와서 노래를 불러선 안 되는 정도의 사람이 출연해 문제가 됐다면 그런 사람을 걸러내지 못하고 방송에 내보낸 무능한 방송사가 더 잘못이지. 가수 지망생이 혼자 두 들겨 맞아야 하나.

황영웅을 공평하게 대할 수 없나?

글쓰기에 따라붙는 '체하는' 형식주의를 던져버린 태극당 씨의 글은 이렇게 흘러간다.

▶ 못난 과거를 가진 가수 지망생에게 고도의 도덕성을 필요로 하는 직군(職群)에 대한 잣대를 들이대고 대중 앞에서 노래 부르는 일 자체를 막아야 정의가 선다면, 그런 식이면 과거에 모가 났던 사람, 전과가 있는 사람은 대중들이 많이 찾는 유명 식당의 주방장도 해서는 안 되는 거다. 그런 세상이 되면 우리는 어디 밥을 먹으러 가더라도 전과 하나 없고 마음씨 착한 사람이 하는 식당을 찾아내 가야 하고, 자동차를 고치더라도 마찬가지여야 한다. 지금 국회의원 중에 전과 있는 사람이 얼마나 많나. 예전에 이미 처벌을 받고 죗값을 치렀든 사면을 받았든 간에 그들도 의원직을 내려놔야 한다.

청년들 앞에서 작가 행세하는 전 보건복지부 장관 유시민 씨는 이른바 서울대 프락치 사건이라고, 아무 죄 없는 학생을 심하게 고문, 폭행하는 일을 교사한 사람이다. 내란음모 꾸미다 잡혀간 이석기의 반역성은 과거에도 마찬가지였다. 그런 그를 무려 두 번 특별사면씩이나 시켜준 사람도 대통령 되는 판국이다.

요즘 분별력 잃은 언론이 이상한 사회를 만들고 있다. 동물보호랍시고 길에 다니는 개, 고양이에게 환장하는 사람들이 그 개, 고양이에게 돼지고기, 소고기로 만들어진 먹이는 아무 생각 없이 먹인다. 이렇게 생각하는 사람들 얘기는 언론이 멀리 한다. 길고양이에게 먹이 챙겨주는 일이 선행(善行)이라는 이도 있지만 그 고양이에게 물려 죽는 보호종도 많은 것이 현실인데, 그런 지적을 하는 언론도 거의 없다.

세상에는 교활한 자, 야비한 자, 흉폭한 자, 교묘히 남 등쳐먹는 자 등등 문제 있는 자가 널리고 널렸다. 식당에도, 옷가게에도, 큰 기업에도. 그런 자들이 잘하고 있다는 게 아니다. 세상은 원래 불완전한 것이고 그 속에서 우리는 부족한 도덕과 불완전한 법에 따라 살아간다는 소리다. 경멸하는 자의 연설을 듣게 될 때도 있고, 밉상인 자의 집에서 국수를 사 먹게 될 때도 있는 것이다. 황영웅이 마음에 든다는 것도 아니요, 그 과거가 충분히 양해할 만하다는 소리도 아니다. 그는 단지 가수이며, 다른 여러 사례에 비추어 공평의 관념에 맞게 대해야 한다는 말이다.

사실 황영웅 노래를 들어본 적도 없고 그가 과거에 무슨 짓을 했는지도 잘 모른다. 물론 그 피해자는 아직 고통이 있을 것이다.

그걸 감안해도 요즘 황영웅 죽이기는 과도하다. 그래서 언론이 분별력을 가지고 공정하게, 법대로 세상을 바라보았으면 하는 것이다. 고양이 밥 주는 사람만 옳다는 식의 전체주의 세상 만들지 말고, 황영웅 노래 좋아하는 사람들이 듣고 싶은 노래 듣도록 좀 놔두란 말이다.

정풍송 선생의 황영웅 評

'허공'(조용필) '석별'(홍민) '옛생각'(조영남) 등 주옥 같은 가요를 많이 작사 작곡한 정풍송 선생은 대단한 애국자이기도 하다. 그는 3년 전 TV조선 주최 '2020 트롯 어워즈'에서 '트롯 100년 작가상'을 받았다. 수상소감에서 "일제 탄압과 전쟁 중에도 우리가 버틸 수 있었던 데는 대중가요의 역할이 컸었다"면서 "대한민국이 완전한 자유민주주의 국가로 자리잡는 데도 기여해야 한다"는 취지의 이야기를 했었다.

지난 3월7일 정풍송 선생에게 작금의 황영웅 사태를 물었더니 극히 상식적인, 그래서 감동적인 설명을 했다.

"7년 전에 있었던 사소한 폭력행위로 벌금까지 물었으면 다 끝난 사안인데 이걸 가지고 노래를 부르지 말라고요? 현재진행형이 아니잖아요? 황영웅 노래로 수많은 사람들이 위안을 받는데 그러면 좋은 일도 해선 안 된다는 겁니까? 황영웅을 '전과자'로 표기한 다는데 그렇게 하면 살아남을 가수가 몇 명이나 될까요? 황영웅을 전과자로 모는 언론이 이재명 앞에 '전과자'라고 표기합니까?"

정 선생은 황영웅의 가수로서의 자질을 높게 평가했다.

"목소리로만 치면 한국 최고의 가수입니다. 중저음의 풍부한 성 량(聲量)에다가 인생의 쓴맛 단맛을 다 본 듯한 애잔한 느낌을 줍 니다. 특히 여성들에게 어필하는 남성미 넘치는 목소리입니다. 다 만, 훈련이 덜 되었으므로 기술적 부분에서 고칠 점은 있습니다. 표정이 어둡다든지 너무 힘을 준다든지 하는 것들인데 다 극복할 수 있는 단점입니다."

그는 황영웅을 프랑스 불멸의 가수 에디트 피아프에 비유하기 도 했다.

조갑제TV 동영상에 댓글을 단 한 분이 "이 세상에 용서할 수 없는 죄와 용서 받지 못할 죄가 어디 있습니까"라고 한 절규는 imbc의 反인간적 제목을 고발한 것이었다. "전과자 황영웅, 갱생 실패, 불명예 하차"

일그러진 mbc

천재가수 황영웅을 '전과자' '갱생 실패' '성공해선 안 될 연예인'이라면서 비방하고, 그를 펀드는 사람들을 '무지한 노인의 아둔한 팬심'이라고 매도하면서 황영웅의 문신 사진까지 공개했던 mbc가 지난 3월30일에 '실화탐사대'를 통해 또 다시 황영웅을 벗겼다. 예고한 제목은 '우리들의 일그러진 영웅「황영웅 학폭 논란」'

국민재산인 공중파를 이용하는 자칭 공영방송이 한 인격을 '일그러진'이라고 단죄했다. 언론사가 아니라 중세 종교재판소 같은 마녀사냥을 자행하는데 어느 언론사도 시비를 걸지 않았다. 평소 mbc를 보지 않는 나는 할 수 없이 이 프로그램을 봐야 했다.

1. 황영웅을 잡으려고 시작한 것 같은데 황영웅 팬들에게 잡힌 것은 mbc 취재진이었다. 황영웅 팬들, 고향사람들, 친구들이 mbc 취재진에게 반론, 항의하는 모습이 자주 나왔다. 황영웅을 욕하는 주장보다는 변호하는 사람들이 더 많고 더 순수해 보였다. 특히 황영웅 노래로 힐링을 받는다는 팬들의 이야기에 취재진도 놀라는 모습이었다.

2. 취재진과 진행자들이 오히려 주눅든 듯했다. 진행자 중 한 사람은 대마초 문제로 벌금형을 선고 받은 적이 있어 황영웅의 과거 폭력을 다루는 사안에선 좀 어색했고, 본인도 이를 의식하고 있는 듯했다.

3. mbc는 취재실패를 자백했다. 황영웅에게 문자 메시지를 보

내도 답이 없다고 고백했다. 황영웅이 mbc를 정상 언론으로 신뢰하지 않는다는 뜻으로 읽혔다. 황영웅의 목소리를 따지 못했다면 이번 프로그램은 포기했어야 했다. 기존 유튜브에서 공개된 것의 재탕이었고 새로운 것도, 충격적인 것도 없었다.

4. 학폭 프레임으로 황영웅을 몰아넣으려는 시도는 오히려 mbc의 문제점만 노출시켰다. 중학교 시절까지 거슬러 올라가 캐고 들어간 것은 거의 아동학대 수준이었다. 맞았다는 사람의 이름도 얼굴도 보여주지 않고 대역(代役)으로 연출한 것은 방송통신위원회의 징계감일 것이다.

5. 교사들, 팬들, 고향사람들, 친구의 황영웅 변호와 mbc 비판이 훨씬 진실되어 보였다. mbc는 과거를 캐는데 이들은 오늘의 황영웅이 얼마나 훌륭하냐고 주장하니 취재진도 당황하는 듯했다. 본안에서 돌파구가 생기지 않으니 학폭 관련 일반론으로 시간을 채웠다.

6. mbc는 황영웅 사태의 출발점이었던 문신 이야기를 꺼내지도 않았다. 일그러진 쪽은 황영웅이 아니라 mbc였다.

정풍송 선생은 mbc의 '실화탐사대' / '우리들의 일그러진 영웅'을 본 소감을 나에게 전화로 이렇게 전해주었다.

● 이런 내용이 공중파를 사용하는 공영방송에 나온다는 것 자

체를 이해할 수 없다. 그 회사는 아래 위가 없단 말인가?

● 황영웅의 중학시절까지 거슬러 올라가 약점을 캐는 못된 짓은 우리 공동체의 윤리에 대한 도전이란 생각이 들었다.

● 극적 효과를 높인다고 대역을 써가며 드라마적 수법을 쓴 것은 실화(實話)탐사란 말을 무색하게 했다. 소설에 가깝지 않은가.

● 기존 유튜브 수준을 넘지 못한, 그러니 유튜브의 앵무새 노릇했다. 공중파가 아깝다.

● 황영웅이 지금도 어린 시절의 비행을 계속한다면 비판해야 하겠지만 지금은 전혀 다른 성공한 인물이 되었는데 과거로 돌아가 그의 현재와 미래를 발목 잡는 짓을 공영방송이 하고 있으니 기가 찬다.

● 공영방송은 영향력이 큰 만큼 표현은 냉정하고 공정하고 사실적이어야 하는데 어제 mbc는 이 모든 요건을 위반했다.

● 추미애가 윤석열을 공격하여 대통령으로 만들더니 mbc가 이런 식으로 황영웅을 공격하니 그는 대가수가 될 모양이다.

주류 언론도 加勢

mbc는 몇 달 전, 탈북시인 장진성 씨를 성폭행범으로 조작했다가 1억3,000만 원대의 손해배상 판결을 받은 적이 있었다.

이 방송은 탈북시인이나 신인가수 같은 사회적 약자를 잔인하게 공격하면서 김일성 세력엔 고분고분한 '일그러진' 성향인데, 문제는 어느 메이저 언론도 mbc의 황영웅 보도를 문제삼지 않고 오히려 이를 옮겨서 확산시켰다는 점이다. 실화탐사대 방송 직후, 동아일보에 실린 뉴스1 기사에 따르면 황영웅으로부터 맞았다고 주장한 사람을 연기한 대역 배우가 "연기하며 수치심을 느꼈다"고 털어놨다고 한다.

〈방송 이후 유튜브 채널 '실화 On'에는 '실화탐사대'에서 피해자 역을 연기한 배우 박봉우의 댓글이 달렸다〉면서 〈그는 "학폭 피해자 역 중 몸이 불편한, 안경 쓴 피해자를 연기했다"며 "대본을 받고 연기할 때 수치심을 느끼고 속상함을 느낄 정도였다"고 후기를 전했다〉는 것이다. 그러면서 〈"피해자분들에게 힘내시라는 이야기를 드리고 싶다. 학교폭력은 더 이상 벌어지면 안 되는 일"이라고 덧붙였다〉고 했다. 이 기사가 실린 동아일보에 댓글이 달렸다.

▶ 월성/대한민국의 자랑스런 민족지인 동아일보에서 이런 기사를 쓰다니요. 이상한 방송 내용의 멘트를 따서 쓰지 마시고 취재를 하여서 쓰시고 취재한 것이 없으면 쓰지 않아야지요. 대역 배우가 대본을 받고 수치심을 느꼈다고요? 그러면 살인자 역할을 하는 배우와 탤런트는 수치심이 아니라 죽고 싶은 감정을 느낍니까? 세상에 이런 기사를 쓰는 기자는 처음 봅니다.

이분은 이 기사가 뉴스1이 아니라 동아일보 작성 기사라고 생각한 것 같다. 그럴 수밖에 없는 것은 뉴스1 기사를 올린 동아일보 기자는 이 기사에 대하여 별다른 문제의식을 갖지 못했다는 이야기이다. 유튜버의 주장을 반복한 mbc, mbc의 왜곡을 확대재생산시키는 메이저 언론, 이렇게 하여 한 무명가수에 대한 한국 언론의 집단폭행이 끝없이 질주하고 있다. 뉴욕타임스 같은 데서 보도하면 한국 언론을 망신시키는 국제적 스캔들이 될지 모른다.

울산에서 온 편지

황영웅 가수의 고향이 울산인데 왜 고향 사람들은 억울하게 당하는 가수에게 관심이 없는가 하는 생각을 하던 터에 반가운 글이 도착했다.

▶ 몽이/ 저는 울산 신정동에 삽니다. 한 번씩 유튜브를 보다가 한 자씩 적곤 하지요. 보다보다 너무하다 싶어 왔네요. 주말 모임에서 황영웅 가수 노래 이야기가 나와 황영웅 가수 가까운 분들에게서 들은 이야기인데, 황영웅 가수가 방황한 시절은 있어도 진짜 숫기도 없고 착하고 성향이 순하다고 합니다. 엄마도 사람 좋다고 평판이 좋고요. 지금 유튜브에서 흙수저가 거짓이라고 하네요.

제가 보다보다 못해서 또 올립니다.

황영웅 가수는 울산에서 하청업체에 다닌 것은 맞고요. 아버지는 건축업을 하시다가 상황이 안 좋아져서 엄마가 일하시느라 고생하시는 것도 맞고요. 가까운 분이 하시던 어린이집 봐준다는 것도 맞아요. 근데 그게 뭐가 잘못되었다고 또 난리인지…. KBS2 '노래가 좋아'에 황영웅 가수 가족들이 나왔는데 그 가족 속사정까지 일일이 이야기해야 거짓이 없는 건가요?

저들은 어떻게든 황영웅 가수의 발목을 잡을 심보네요. 현재 노래로 많은 사람들에게 좋은 일을 하겠다는 사람을 사회에 못 나오도록 저들이 뭐길래 황영웅을 창살에 가둬두려고 끝도 없이 저러는지 말로써 사람 인생 매장시키려는 자가 사회의 악마라고 생각되네요.

뒷조사해서 캐고캐고 해서 지나간 사건을 부풀려 여러 사람을 힘들게 하는 것이 저들의 돈벌이라면 사회의 심판을 받을 자는 바로 저들이라 생각합니다. 진짜 제가 울산을 다 뒤져서라도 황영웅이 봉사한 것을 취재하고 싶은 심정입니다. 그런 것은 왜 얘기를 안 하는지 황영웅님이 지금 나와서 해명을 해도 저들은 또 꼬투리를 잡아 난리일 겁니다. 저들이 하는 일이니까 끝이 없을 겁니다.

사람을 비판하고 비난하는 저 썩어빠진 머리를 가진 자들보다 지금 현재 황영웅님이 많은 사람들에게 노래로 희망과 행복을 주는 사람이니 더 영혼이 아름다운 사람입니다. 그런 황영웅님을 우리 모두가 응원하고 지켜주었으면 합니다. 조갑제 선생님 항상 우리에게 힘이 되어 주셔서 감사합니다.

황영웅의 고향인 울산에서 일어난 일

지난 4월 5일 재보궐 선거에서 전주에선 전과 5범이 국회의원에, 울산에선 전과 3범이 교육감에 당선되었다. 울산 교육감 당선인은 자신의 전과에 대하여 "과거 사회적 약자를 지지하고 시대 아픔에 함께 아파했던 활동을 폄하해서는 안 된다"며 "우리나라 헌법에 보장된 노동자의 기본적 권리를, 그리고 해고 비정규직 노동자의 생존권을 지키는 일에 함께할 수 있어서 자랑스럽게 생각한다"고 덧붙였다고 보도되었다(노컷뉴스). 노사갈등 중 발생하는 노조의 시설 점거와 폭력행위 등 범법 행위에 대해 기자가 묻자, 그는 "시대 아픔에 함께한 것을 바탕으로 울산교육감이 되어서도 아파하고 힘들어 하는 아이들을 더 보듬을 수 있을 것"이라고만 했다. 이런 식으로 이야기를 하는 것은 불법에 대한 동조라고 볼 수밖에 없다.

그의 전과엔 민주화된 이후의 국보법 위반도 있다. ▲1989년 국가보안법 위반과 노동쟁의조정법 위반으로 징역 1년, 집행유예 2년, 자격정지 1년 ▲2001년 업무방해 혐의로 300만원 벌금형 ▲

2002년 업무방해, 폭력행위 등 처벌에 관한 법률 위반, 집회 및 시위에 관한 법률 위반으로 500만원 벌금형

불법행위에 대한 반성을 거부한 좌파후보를 당선시키고, 병역(兵役)과 납세의무도 성실했고 전과도 없는 보수후보를 낙선시킨 울산시민들은 50만 원 벌금형 전과를 가진 울산 출신 황영웅에게는 냉담한 편이다. 황영웅은 7년 전 전과에 대하여 사과를 하고 불타는 트롯맨 우승이 거의 확실한 상황에서 상금 6억 원도 포기, 물러나 칩거 상태인데 언론은 선정적 폭로를 이어가고 있다. 울산시민 중 이런 황영웅을 공개적으로 변호하는 이는 잘 보이지 않는다.

헌법 제10, 17, 19, 21조 위반

교육감 후보자는 전과 3범 행위에 대하여 사과는커녕 자랑스럽다는 자세인데도 울산시민들은 압도적 표차로 그를 청소년 교육부문 수장으로 뽑아주었다. 전과 5범 국회의원, 전과 4범 당대표, 전과 3범 교육감은 좌파란 공통점이 있다. 대표적 좌경방송 mbc는 좌파엔 온순하고, 탈북시인과 신인가수 등 약자들에게 험악하다. 좌경 mbc로부터 집단 언폭(言暴) 당한 두 사람이 시인과 가수라는 점도 흥미롭다. 인간정신의 가장 순수한 표현이 시(詩)와 노래이고 가장 악질적 표현이 좌파적 계급투쟁론에 입각한 거

짓과 폭력이다. 황영웅, 장진성은 민중가수, 민중시인이 아니라 만만하게 보여 계급주의적 선동의 표적이 된 면이 없을까? 박근혜 탄핵의 교훈은, 좌경언론을 견제해야 할 우파가 선동에 가담하면 체제위기가 온다는 점이다.

주류 언론이 mbc의 선동을 확산시켜준 결과로 황영웅에 대한 '학폭의혹'은 시간이 지나자 '학폭'으로 굳어졌다. 중학교 시절의 '학폭'을 입증하려면 정학·퇴학 기록, 진단서, 경찰신고 등 증거가 있어야 한다. 유튜브부터 방송 신문까지 한국의 거의 모든 언론이 들고 일어나, 문신과 익명(匿名)의 주장만으로 '학폭'이라 단정하고, 사과 뒤 하차한 뒤에도 '자숙하라'고 2차 가해하고, 동정하는 사람들까지 '무지한 노인의 아둔한 팬심'이라 3차 가해하고, 실화(實話)탐사라면서 대역배우를 세워 드라마화한다. 그를 재기불능케 하여 반드시 실패한 연예인으로 만들려는 결의에 차 있는, 그래서 지금도 문신 사진을 내리지 않고 있는(고발 초청장) 한국 언론에 대하여 한 재미교포는 '조국이 미개국으로 보인다'고 격분했다.

야심 있는 변호사가 나타나 황영웅 문신 게재 언론사를 상대로 법적 조치를 하면, 이곳이 미국이라면, 문 닫는 언론사가 속출할 것이다. 황영웅 사태의 가장 큰 책임자는 유튜브나 mbc가 아니라 독자적 취재 없이 선동에 따라간 보수 언론일 것이다. 'mbc는 유튜브의 딸랑이, ○○일보는 mbc의 딸랑이'란 댓글이 농담 같지 않다. 기자란 직업을 갖고 가수더러 노래 부르지 말라는 캠페인을 벌이고, 그래도 말리기는커녕 부채질하는 언론이 '메이저'라고 불린다면 황영웅 팬들이 자주 하는 "공산주의 세상이 되었나"란 푸념은 예언이 될지 모른다.

한국 언론은 지금 한 가수의 노래 부르는 자유를 봉쇄하기 위하여 헌법 제10조(개인의 존엄성 보장), 제17조(사생활 보호), 제19조(양심의 자유), 제21조(표현의 자유)를 동시다발적으로 위반하고 있다. 가장 힘 없는 개인에 대한 가장 어처구니 없는 언론탄압이 언론에 의하여 자행되고 있다. 이는 아픈 사람들에게 스며드는 황영웅 노래의 신비하기까지 한 치유효과와 함께 연구감이다. 조갑제TV 한 시청자는 "하느님, 벼락 아껴서 어디다 쓰시게요"라는 댓글을 붙였다. 그 밑에 달린 글은 '더 크게 쓰실 거예요'였다.

이 책은 조갑제TV 동영상에 달린 약 10만 통의 댓글 편지 중 극히 일부를 뽑아 만들었다. 필명을 남기지 않은 분들이 많았다. 이 나라에서 열심히 평범하게 살고 사랑하는 분들의 집단적 감수성이 이렇게 순수한 언어로 표현된 적은 일찍이 없었다. 수많은 공동 저자(著者)들에게 감사한다.

아픈 사람들부터
들고 일어났다

"아들을 가슴에 묻고 노래로
위안을 받고 사는데"

황영웅의 신곡 앨범이 공개된 다음날인 2023년 10월29일 조갑제TV 동영상엔 이런 댓글이 달렸다.

▶ 황영웅 가수님의 노래로 삶이 영원히 행복해질 것 같아 너무 좋습니다. 사방의 적을 물리치고 과감하게 싸워 주신 선생님 존경합니다. 맘껏 들을 수 있게 해주셔서 더욱 감사드려요. 신곡 따라 부르기 쉽고 흥이 있어 대박 납니다.

▶ 신곡에는 아버지 어머니 노래가 모두 있어 부모님 생각에 눈물이 멈추지 않습니다. 엄마 아버지를 제가 모셨기에 더 그립습니다. 부모님 떠나 보내기가 남달리 힘이 들었습니다. 우울증이 오고 누워서 울기만 하니 가족들이 힘들어 했습니다.

조금 안정이 되고 있는데 영웅님 노래가 저를 울리네요. '꽃비' 노래는 너무 슬퍼서 눈물이 멈추지 않아 노래를 못 듣고 있습니다. 영웅님이 여러 종류의 눈물을 흘리게 하는군요.

시간을 약 8개월 전으로 돌려 보면 이런 날이 올 것이란 예상은 어려웠다. 황영웅 가수가 MBN '불타는 트롯맨' 결승을 앞두고 하차한 2023년 3월 초 동정론을 편 조갑제TV 동영상엔 댓글들이 무섭게 달리기 시작했다. 특히 사별(死別), 투병 등 고통을 받고 있는 분들의 호소가 많았다. 금단(禁斷)현상을 일으킨 아픈 사람들부터 들고 일어난 것이다. 3월4일자 댓글 일부(필명을 남기지 않은 분들이 많았다).

▶ 하차한 날에 얼마나 가슴 아픈지 하루종일 눈에 눈물이 마르질 않았네요. 자식 키우는 입장에서 가슴이 저리더라구요. 황영웅의 노래는 특별합니다. 공장 다니며 성실하게 살았다는 것이 증거입니다.

▶ 선생님 정말 감사합니다. 저도 방사선 치료 끝나고 우울한 날들의 연속이었는데 영웅님 노래 듣고 많은 위안과 위로를 받고 있는 한 사람입니다. 60이 넘도록 살아오면서 팬카페에 가입하고 댓글 달아 보기는 처음입니다.

영웅님 목소리를 들을 수 없다고 생각하니 너무 막막하고, 기운이 빠져 눈물만 났습니다. 제발 영웅님이 다시 활동할 수 있도록 선처바랍니다. 피해자 분과는 오래 전에 합의로 끝난 일 아닌가요? 철 모르는 어린 나이였을 때 벌어진 일들이니 헤아려 주셨으면 좋겠습니다. 피해자 분께는 미안합니다.

▶ 저희 친정 엄마도 70중반이신데. 몸이 많이 쇠약해서 병원에 입원과 퇴원을 반복하다가 어느 날 황영웅님 노래 듣고 감동받아 눈물 흘리시더라구요. 너무나 기다립니다.

▶ 황영웅 하차한다는 글을 읽고 며칠 동안 가슴앓이 하며 지내고 있습니다. 안타까워 가슴이 답답합니다. 수년 전에 아들을 가슴에 묻고 사는 나는 노래로 위안 삼아 살고 있습니다.

그런데 '불타는 트롯맨'을 보면서 황영웅이 부르는 노래로 많은 감동과 마음 울림을 받아 삶에 힘이 되었습니다. 훌륭한 노래를 다시 듣고 위로가 되었으면 얼마나 좋을까요. 용서를 빕니다.

▶ 말기 암환자인 배우자를 돌보며 우울증으로 힘들게 지내던 중 황영웅님의 가슴 절절한 노래를 들으며 위안을 받고 하루하루 지내고 있는데, 얼마나 설레고 사는 재미가 있었는데 제발 빨리 돌아와주세요. 너무 보고 싶습니다.

▶ 조갑제TV 고맙고 감사합니다. 며칠간 잠 못 자고 슬프고 속 상하고 안타깝고 합니다. 근데 오늘 영상 보고 나니 마음이 후련 하고 조목조목 짚어 주셔서 너무 고맙고 팬으로서 눈물이 납니다. 밟아도 적당히 밟아야지요. 어떻게 이렇게 무자비할 정도로 밟을 수가 있는지 세상을 향하여 묻고 싶습니다.

또래의 아들을 키우는 부모로서 세상의 난도질 속에 결승 문턱 에서 하차하는 걸 보면서 "당신들은 얼마나 정의롭게 바르게 살고 있는지". 황영웅 가수님 누가 뭐래도 끝까지 응원합니다.

▶ 선생님 너무 감사합니다. 우리 엄마들의 갱년기 우울증을 치 료해 주는 주치의 같은 존재예요. 과거 잘못은 큰 죄가 아닌 이상 서로 용서하고 다시 일어설 수 있도록 서로 도와주는 사회가 되었 으면 합니다.

댓글들은 나에게 어떤 역할을 기대하고 있었다.

"벼랑에 선 황영웅에게 손을 내밀다"

▶ 조갑제 선생님께 올립니다. 선생님의 방송을 몇 번 다시 듣기 하고 이렇게 적어 봅니다. 며칠을 잠도 못 자고 일이 손에 잡히질 않아 방황하던 차 선생님의 방송을 듣고 이제 살았다, 이제 됐다는 안도감에 며칠 만에 밥도 한술 떴습니다. 답답하고 우울하지만 어디 하나 토해낼 곳 없고 내가 어떻게 할 수도 없음에 이 무능함에 더 화가 났습니다.

선생님 말씀 맞습니다. 허나, 선생님처럼 현실을 직시 못 하고 먹이사슬 하듯 뛰어난 가수를 물어뜯기 위함이 너무 참담했습니다. 언론인으로서의 어려움도 있으시련만 이렇게 정의로운 방송을 해주심에 제가 절이라도 드리고 싶습니다. 우리 민족은 한이 많은 국민입니다.

선생님! 가슴이 터지고 울분의 나날을 보내고 있는 수많은 팬들을 보듬어 주십시요. 강건하시길 기원합니다. 감사합니다.

▶ 그렇습니다. '빈지게', '인생아 고마웠다' 등등의 그의 경연곡들을 듣고 있으면 많은 국민들, 특히 인생을 어느 정도 사신 분들의 마음을 위로하며 부의 유무, 사회 성공의 유무 등을 떠나 모든 사람들이 저마다 겪어 왔던 인생의 무게를 순간 내려놓게 해주고 인생을 열심히 잘 살아왔다고 하는 자기 위로와 치유의 놀라

운 힘을 발휘함을 느낍니다. 어디 이러한 정도의 능력을 갖고 있는 가수분들이 많이 또 있겠습니까? 더구나 가수 생활한 지 1년여 밖에 안 되는 신인가수인데 이러한 가수를 죽이고 있으니 그 얼마나 통탄할 일이겠습니까?

▶ 명자/선생님 저도 칠십 다 되도록 이렇게 노래로 사람들을 감동시키고 삶의 활력을 되찾게 해주는 가수는 처음입니다. 잃었던 연애 감정을 되살아나게 하고 하루 하루 행복에 젖어 비록 몸은 늙어가고 있지만 마음만은 사춘기 때 연애하는 기분, 그런 기분으로 살고 있었답니다. 황영웅님 하차 소식 듣고 밤을 지새며 가슴이 찢어지는 아픔으로 하염없이 눈물만 흘렸답니다. 가족들이 걱정을 합니다. 어머니 우울증 걸린다고.

세상 모든 걸 잃어버린 것처럼 세상 사람들이 무섭다고 원망만 하고 있었는데 세상에나 조갑제 선생님 방송을 보고 뜨거운 눈물을 흘렸답니다. 어쩌면 그렇게도 옳은 말씀만 하셨는지요. 세상에 벼랑 끝에 있는 사람한테 손을 내밀어주시는 그 따스한 손길. 인간은 말 한마디에 죽고 살고 합니다. 지금 어느 누구도 하지 못하고 안 했던 말씀을 듣고 무한 감동을 받았습니다. 선생님, 어제 선생님 방송 보고 나서 다시 희망이 보이며 웃음이 났답니다. 선생님 예전부터 훌륭하신 분이라는 거 알고 있었지만 선생님이 얼마나 훌륭하고 용기 있는 분이라는 걸 다시 확인시켜 주셨습니다.

선생님 정말 존경합니다. 고맙습니다 다시 한번 감사드립니다. 누구도 하지 못하는 그 용기 영원히 기억하겠습니다.

▶ 저도 음악 치료사입니다. 황영웅님의 노래로 저와 만나는 환우들이 치료 받으며 기쁜 마음으로 보내고 있었습니다. 황영웅님 하차 소식의 충격으로 일어날 힘도 없어 휴가를 내어서 우울한 마음으로 쉬고 있습니다. 황영웅 가수가 무슨 죽을 죄를 지었습니까? 그만들 하시고 자신들을 돌아보세요.

▶ 조갑제 선생님 감사합니다. 몸과 마음이 아파 하루하루 힘겹게 살아가다 황영웅님의 노래로 기쁨을 얻었습니다. 그냥 세상 하직할 때 황영웅님 노래 듣다가 눈을 감았으면 좋겠다는 생각을 할 정도입니다. 그의 과거가 어떻든 내게는 아무 문제 안 되더군요.

▶ 음악으로 치유해 줄 수 있는 것도 신이 내려준 선물입니다. 힘들게 살아온 사람만이 그 감성이 있어요. 그냥 잘 부른다고 감동이 있진 않아요.

▶ 조갑제 선생님 감사합니다. 요 며칠 황영웅에 대해 옳은 말씀 해주시니 정말 고맙습니다. 저는 '불타는 트롯맨' 시청한 지 겨우 2주밖에 안 됐는데 황영웅이란 가수의 가창력이 너무 좋아서

그의 노래에 꽂혀서 이제 팬이 되었습니다. 그가 1차 결승에 우승하고 2차에 하차하게 되어 정말 마음 아파서 손에 일도 안 잡히고 밥도 안 먹히고 잠도 제대로 못 자서 살이 빠졌습니다. 황영웅씨가 공개 사과도 3번이나 했고 우승하면 상금을 사회에 기부한다 했는데 그것조차 못 하도록 하고 각 방송사가 '공공의 적'으로 마녀사냥 했지요.

지금까지 경연에서 상금 타서 전액 기부한 사람이 있었나요~ 정말 못된 인간들입니다. 한마디로 방송사들이 질투가 나서 그러는 겁니다. 황영웅의 노래는 심금을 울리고 영혼을 달래주는 치유의 가수입니다. 연세 드신 분 수많은 사람들을 위로해 주는 가수는 그리 많지 않습니다. 지금 팬 가입이 기하급수로 늘어나고 있습니다. 꼭 우리 곁으로 돌아올 수 있도록 자주 방송해 주십시오. 감사합니다.

가수가 나락에
떨어질 때 생기는
팬들은 처음?

김갑수의 황영웅 변호

2023년 3월 초순 언론은 하차한 황영웅에 대한 공격을 멈추지 않았다.
한 스포츠 신문은, 평론가 김갑수가 상해 전과·학교 폭력 등 구설에 올
랐던 황영웅을 옹호하는 발언을 해 이틀째 역풍이 불고 있다고 보도했
다. 황영웅은 폭행으로 벌금 50만원 형을 받았지 학폭 기록이나 전과는
없다. 이 신문은 황영웅 동정론을 폈다고 김갑수 씨를 비난하였다.

　김갑수 씨는 3월6일 방송된 팟캐스트 '매불쇼'에서 "황영웅을
옹호하는 팬덤은 고연령층이더라, 폭력에 대해 10대, 20대와 나이

든 사람의 감수성이 다르다. 폭력의 정도가 지금 10대들이 느끼는 민감함에 비해 다르다. 지금 학생 시절을 보내는 사람들은 욕망 등 모든 게 봉쇄돼 있다. 분출구가 없다 보니 평소에 내재된 분노가 학폭에 쏠리면 반응이 커지게 된다"고 했었다.

그는 "거칠게 살아온 놈은 연예인이 되면 안 되나? 이렇게 생각을 한다. 살인 전력을 숨겼다든지 말이 안 되는 유아 성범죄를 저지른, 상상을 초월한 범죄자라면 얘기가 다를 것 같다. 황영웅 한 짓을 보니 학교에서 껄렁 대고 문신을 새기며 산 것 같다. 근데 정신 차리고 사는 사람도 있지 않나. 워낙 화살이 몰아치니까 대응을 못 하더라. 천하의 악인이라고 매스컴이 떠들었는데 법정에서 보면 모함이거나 무죄인 경우가 있지 않나"라고 이야기했다고 한다.

이 신문은 김갑수가 한 말을 트집 잡았다. "황영웅이 폭력적인 건 사실인 것 같은데 영원히 사회활동을 못 할 정도의 악행을 저지른 수준인가에 대해서 이견이 많다. 이 친구가 반성도 하고 자기 재능을 맘껏 발휘해 사회적으로 올바른 행동을 하는 모습을 지켜보고 싶다"는 그의 발언을 소개한 뒤 〈여론에 공감하지 못하는 걸 넘어 전과자를 두둔하는 발언에 누리꾼들은 '2차 가해'라 지적, 김갑수는 이틀째 뭇매를 맞고 있다〉고 했다. 김갑수 발언에 공감하는 이들도 많은데 비판하는 쪽만 대변했다. 전과자라는 표현은 反인권적이고 명예훼손이다. 이 기사는 〈황영웅은 MBN '불타는 트롯맨' 우승후보로 큰 주목을 받았지만 상해 전과 사실과

학교 폭력 등 의혹이 수면 위로 나오자, 지난 3일 프로그램에서 하차했다〉고 확인도 되지 않은 '학폭'을 거듭 강조했다.

황영웅에 대한 언론의 폭력적 선동보도를 비판하는 행위는 황영웅을 두둔하는 것이므로 규탄해야 한다는 생각을 가진 이들은, 한 인간을 절대악으로 보는 시각의 소유자로서 차라리 완장을 차는 게 낫겠다는 생각이 들 정도였다.

국회의원의 약 3분의 1이 전과자이고 이재명 후보는 전과 4범이지만 그의 이름 앞에 '전과자'라고 붙이진 않는다. 황영웅을 공격하는 언론은 공평하게 全국민의 약 30% 이름 앞에 '전과자'라고 붙여야 옳다. '전과자'라고 하는 것과 '전과가 있는'이라고 하는 것은 다르다. 전과자는 그의 인생 전체를 부정적으로 보는 인간모독의 개념이고 '전과가 있는'은 잘못만 지적하는 것이다.

황영웅은 학폭이 아닌데 그를 학폭이라 모는 것은 언폭, 즉 언론의 언어폭력이다. 언폭(言暴)이 학폭(學暴)보다 무서운 것은 피해자가 많고 오래 가기 때문이다. 이즈음 조갑제TV 황영웅 동영상에 달린 댓글의 가장 많은 부분이 '언폭'에 대한 불만이었다.

이렇게까지 무자비하게!

▶ 명자/선생님 안녕하세요. 저 역시 제 넋두리를 좀 해야

겠어요. 제 남편은 40년 전에 교통사고로 목을 다쳐서 전신마비 환자가 됐죠. 아이가 둘이 있고 남편이 정신이 말짱해서 요양원에도 보낼 수 없어서 그동안 집에서 제가 간병하며 살고 있습니다. 짐작하실지 모르겠지만 삶이 너무 고달프고 힘들 때가 많습니다. 그런데 우연히 '불트'를 보게 되었습니다. 순간 '어머, 무슨 저런 목소리가 있나' 그때부터 빠져버렸습니다. 아침부터 커피 한 잔에 황영웅 노래 들으면 40년 동안의 수고를 보상받는 느낌입니다. 모든 분들이 황영웅 노래를 듣고 우울증, 암환자나 힘든 분들이 치료가 된다는 글은 모두 사실입니다. 느껴보지 않은 사람은 모르겠죠. 더 황당한 것은 지금 제 마음이 남편을 버리고 황영웅 구조 활동이라도 하고 싶은 심정입니다. 정말 그 악한 유튜버 처벌할 수 없나요. 긴 글 죄송합니다. 감사합니다.

▶ 소야/왜냐하면 이재명은 힘있고, 황영웅은 빽도 돈도 없는 바람 불면 날아가는 사람이라는 거지요. 언론들이 앞다퉈 한 젊은 가수를 도마 위에 올려 놓고 너도나도 난도질하고 낄낄거리며 성취감을 느끼는 저능아 집단이라는 거지요. 자기들이 가해자라는 걸 모를 겁니다. 더 자극적인 보도를 해야 돈벌이가 되니까요. 아주 저급한 언론이지요. 황영웅의 확인되지 않은 일에 살을 붙이고 풍선처럼 부풀려서 팔아먹고, 그걸 사서 침을 질질 흘리며 퍼다 나르는 대중들도 자기들이 피해자를 만들어 내는 가해자란 사

실도 모르는 파렴치범들이죠. 만회의 기회조차 박탈 당하고 왕관까지 빼앗기고 온 세상에 치부가 다 까발려져 꿈이 파괴되고 가족들까지 몰살 당하고 있는 마당에 죗값을 넘치게 치르고 있는 거 아닐까요. 측은지심이란 눈곱만큼도 없는 매체들, 그들은 황영웅에게 돌을 던질 자격이 있을까요. 거듭날 수 있도록 손을 내밀어줘야 합니다. 박수 쳐줘야 합니다.

▶ 20대 초반 친한 친구와 술 먹고 싸워서 벌금 50만원 형 받은 걸 가지고 이렇게 재능 있는 청년을 이렇게까지 무자비하게 언론들이 잔인하게 대하는지 이해가 안 갑니다. 오래 전 다 끝난 사건이고, 이후 열심히 직장에 6년이나 다녔던 황영웅, 직장 다니며 틈틈이 요양원 가서 노래로 무료봉사 다니고 했던데 그런 건 다 어디 가고 친구와 싸움 한 번 한 거 가지고 이렇게나 한 청년을 숨 못 쉬게 매장시켜야 하는지 씁쓸합니다. 요즘 ○○○ 검사 아들 학폭 하고는(지속적으로 괴롭힘) 완전 다릅니다. 똑 같은 잣대로 황영웅을 매도하면 이건 인격살인이죠. 학폭 하고는 전혀 다르지요. 떠돌아다니는 얘기들을 너무 믿는다는 게 더 큰 문제고요. 노래가 너무 하고 싶어 나온 29세 청년이 꿈을 이루게 응원해 줍시다. 그 좋은 명품 목소리로 노래할 수 있게 기회를 주고 들을 수 있도록 한 청년의 꿈을 응원해 주고 싶습니다.

▶ 황영웅은 직장 다니며 할머니, 할아버지들이 계신 양로원에 틈틈이 노래 봉사 다녔답니다. 아무나 할 수 없는 일을 하며 살아왔네요. 또 경연 중 박민수 민수현 참가자를, 불편할 텐데도 집이 면 참가자를 위해 좁은 집에 두 명이나 살게 해주었습니다. 이 또한 아무나 할 수 없는 일입니다. 마음이 따뜻한 사람만이, 정이 많은 사람만이, 배려심이 있는 사람만이 할 수 있는 일입니다. 이런 황영웅의 따뜻함을 다루어 주는 곳은 아무도 없고 확인도 안 된 온갖 루머들만 앞다투어 다루기에 급급한 세상이 너무도 각박하여 슬픕니다.

▶ 정옥/조갑제 선생님 안녕하십니까. 저는 65세 택시기사입니다. 우연히 불타는 트롯맨을 보다가 황영웅님 노래에 푹 빠져 출근하기 전 노래를 꼭 듣고 출근하면 너무 행복했습니다. 영웅님 하차 소식에 밤새 잠 못 이루고 너무 슬프고 안타깝습니다. 황영웅님 노래를 듣기 위해 안 보던 유튜브를 보다가 조갑제 선생님을 만나 좋은 말씀 감사하고 존경합니다. 우리 황영웅님 많이 많이 도와주셔서 하루빨리 복귀하도록 해주십시오. 선생님을 만나게 되어 너무 행운입니다.

▶ c/황영웅님 노래 국보급입니다. 미스터 트롯만 보다가 유튜브에 황영웅님에 대한 안 좋은 영상이 많이 올라와서 황영웅님에

대한 공부를 했습니다. 유튜버들의 언어폭력을 보면서 '이건 아니다' 싶어서 알아보기 시작했고, 황영웅님을 도와주고 싶다는 생각이 들었습니다. 국보급 목소리와 감동적인 노래와 몇 년 동안 회사에서 성실히 살아온 청년의 삶, 미래를 꿈꾸고 일어서려는 한 청년, 이 사람은 대한민국의 아들입니다. 황영웅님 노래 너무 감동적입니다. 아들을 키우는 엄마로서 내 아들은 아니지만 하나님이 저렇게 훌륭한 달란트를 주셨는데 우리가 황영웅 가수를 응원해야 한다고 생각하였습니다.

義憤心

황영웅 팬들이 다른 팬들과 근본적으로 다른 점은 가수가 잘 나갈 때가 아니라 나락으로 떨어졌을 때 팬이 되었다는 점이다. 보통 같으면 떠날 때 모여든 것이다. 의분심(義憤心)으로 무장한 팬들이므로 행동력과 결속력이 남달랐고 이것이 황영웅 재기의 발판이 되었다.

▶ 공장 다닌 사람은 가수 못 하나요?

▶ 훌륭하신 조갑제 선생님! 영혼을 흠뻑 적셔 주는 황영웅님

과 함께 손잡고 지금 저희들의 영혼을 흠뻑 적셔주고 계십니다. 초가집의 호롱불에 맑은 영혼으로 큰 마음 부자로 살 때 그 시절로 돌아가게 해주십니다. 물질 만능의 고갈된 영혼의 가난한 마음을 씻어주고 계십니다. 사연 없는 이 없고, 아픔 없는 이 없는 현대 사회에 붕괴 가정도 많다 보니 혼자 가슴앓이 하며 살고들 있지요. 그중에 저도 한 사람입니다.

교사 남편과 같이 지낼 때는 주변에 사람들이 그토록 많더니 지금은 형제 친구 아무도 없는데 '인생아 고마웠다' 들으며 펑펑 울었습니다. 이 노래가 제 인생을 말해 주었기에 내 두 눈 감을 때 이 노래를 두 아들한테 주고 떠나렵니다. 저는 60대 후반입니다. 선생님께서는 새벽 잠 설쳐가며 나라와 국민을 위해 큰 혁명을 일으키고 계십니다. 황영웅님을 통한 세상 이야기들 속에서 배우고 깨우치게 해주십니다.

가수가 나락에 떨어졌을 때 생기는 팬들은 처음?

▶ 선생님 오늘도 감사드립니다. 황영웅 가수의 노래 들으면서 애잔함은 숨소리마저도 음악으로 느껴집니다. 노래를 크게 들으면 가수님의 감정과 미세한 떨림이 느껴집니다. 가슴이 아

려오는 순간입니다. 과연 마음이 따뜻하지 않고 순수하지 않으면 가능할까요? 독보적인 음색과 감정이 가슴에서 우러납니다. 선생님 도움이 한 청년의 삶을 살리는 것이라 생각합니다. 다시 한번 감사드립니다.

▶ 정남/조갑제 선생님 댓글 읽어 주는 시간이 정말 행복합니다. 황영웅 팬분들은 글도 너무 잘 쓰고 마음 또한 따뜻한 듯하네요. 황영웅님의 팬이라는 게 너무나 자랑스럽고 행복합니다. 마음 한켠에 고생하고 있을 영웅님 생각하면 가슴 찢어지게 아프지만 언젠가 꿋꿋하게 밝은 모습으로 만날 날을 기대해 봅니다. 오늘도 감사합니다.

▶ S/천재 한 사람이 잘되면 많은 사람이 득을 볼 수 있다는 말씀에 정말 공감합니다. 황영웅 가수 같은 노래 천재가 노래 들려주어서 우리 사회에 미치는 영향이 어마어마합니다. 그동안 수많은 오디션 수많은 가수들이 있었지만 제 주변에 황영웅 가수만큼 노래 잘한다는 칭찬 듣는 가수는 본 적이 없어요. 황영웅 가수로 인해서 위로 받고 감동 받는 사람들이 한둘이 아니라는 얘기고, 역으로 생각하면 실력이 뛰어난 만큼 시기 질투 억측이 난무하는 상황이 생길 수 있다는 겁니다. 언폭이 판을 치는 이런 나라에서 황영웅 가수를 지킬 수 있도록 도움을 주셔서 정말 감사합니다.

태평양을 건너온
손편지

이민 와서 43년째 미국 생활

2023년 3월 중순 회사로 배달된 국제우편물을 뜯었더니 예쁜 손편지가 나타났다.

▶ 안녕하세요. "공돌이 흙수저라고 황영웅을 이렇게 물어 뜯습니까"라는 글을 쓴 최현주입니다. 저는 스무 살에 이민 와서 43년째 미국에서 살고 있습니다. 대학, 직장, 결혼, 그리고 세 아들의 엄마로, 치열하게 살았습니다. 이제 좀 숨을 돌리려 하니, 저는 어느새 60대가 되어 있습니다. 가끔은 저도 '지난 날의 나의 청춘

아~'하며 서글퍼질 때가 있습니다.

제가 '불타는 트롯맨'을 보게 된 계기는 정말 우연이었습니다. 한 2주 전, 몇 안 되는 지인(知人) 중 한 분이 '에녹이 잘한다'며 한 번 보라고 해서 유튜브를 찾아 보다가 엉뚱하게 황영웅의 '빈지게'를 듣게 되었는데, 가슴 시린 감동을 느끼며 40여 년의 지난 이민 생활이 주마등처럼 지나갔습니다. 그리고 얼마 후 폭로기사로 대한민국이 뒤덮이며, 저는 주필님 채널에 댓글까지 달게 되었고 여기까지 왔습니다.

저는 언론의 폭력을 보며, 박근혜 전 대통령의 탄핵 때를 기억합니다. 언론의 횡포와 선동당한 대중의 정말 미치광이 같은 행태를 보며 말로 다 표현할 수 없는 좌절과 분노를 느꼈습니다. 여성 대통령에게 치욕적인 인격 살해를 할 때 그 많은 여성 인권단체에서는 어느 누구도 이것의 부당함을 말하는 이가 없었습니다. 공(功)은 공(功)대로, 과(過)는 과(過)대로 보도했다면 이렇게 분노하지는 않았을 겁니다.

산처럼 쌓인 거짓 뉴스가 나왔는데도, 쏟아냈던 말에 책임을 지는 언론 또한 하나도 없었습니다. 한 유명한 뉴스 앵커의 '아니면 말고'식 말에 한국 사회는 정말 답이 없다는 생각으로 한국에 일절 관심을 두지 않고 살았습니다.

그런데 이번 황영웅 사태를 보며 전혀 변하지 않은 언론과 거기에 더한 유튜버들의 도가 넘치는 행태를 보며 기막혀 있던 차에 주필님의 동영상은 한 줄기 빛과 같았습니다. "아, 그래도 중심을 잡아주시는 분이 있구나"하며 기뻤습니다.

언론 권력에 대한 눈물 먹은 사람들의 반란

동영상에 달린 수많은 댓글들과 '팬카페 회원 급증'이라는 소식을 들으며 이건 '언론 권력에 대한 눈물 먹고 산 사람들의 반란이 아닐까' 하는 생각이 들었습니다. 모든 형태의 언론 매체에서 빗발치는 화살을 맞으며 외로이 혼자 서 있는 황영웅 씨는 힘없는 우리들의 모습과 같습니다.

지나쳐도 너무 지나친 언론의 폭력에 속수무책으로 보고만 있던 팬들은 주필님의 도움으로 이 기울어진 운동장에 댓글로 반기를 들었습니다. 황영웅 씨의 노래가 이렇게 많은 사람들의 마음을 움직일 거라고는 아무도 생각 못 했을 겁니다.

아직 20대인 젊은이의 노래가 60대 이상의 공감을 얻을 수 있었던 것은 아마도 그의 예사롭지 않은 젊은 시절의 고뇌와 좌절, 분노가 그의 목소리에 녹아 있기 때문이라고 생각합니다. 영화 '서편제'의 송화 아버지 유봉은 송화의 노래에 한을 더하기 위해 약을 먹여 송화의 눈을 멀게 합니다. 황영웅 씨의 목소리에는 그런 한국 사람의 한이 들어가 있어 듣는 저희를 먹먹하게 합니다.

그가 부르는 '빈지게'를 듣고 있으면 비틀거리며 살아온 지난날의 청춘과 사랑을 생각하며, 빈지게를 내려놓고 취하고 싶게 만듭니다. '영원한 내 사랑'을 통해서는 '여보, 미안해요. 여보, 고마워요'하고 아내나 남편에게 고백하게 만듭니다. '인생아 고마웠다'를 듣고 있으면, '이제껏 잘 살아줘서 고마웠다'고 저 자신에게 말해주고 싶습니다. 이것이 다른 가수가 아닌, 황영웅 씨가 부른 노래의 힘이라고 생각합니다.

제 짧은 생각으로는 언론이 중심을 잘 잡아야 올바른 여론이 형성되고 사회가 건강해진다고 생각합니다. 여론은 한 가지일 수 없고, 다른 사람의 의견에도 귀를 기울여 주어야 합니다. 이렇게 젊은 청년 한 사람을 매장시키는 데 온갖 언론이 총력을 기울이는 데엔 어떤 기획된 의도가 있는 건 아닐까 의심도 해봅니다.

진정어린 사과는?

언론에서 말하는 '진정어린 사과'란 도대체 무엇일까요. 황영웅 씨가 석고대죄(席藁待罪)라도 해야 진정어린 사과일까요. 우승 문턱에서 중도하차했고 큰 상금도 포기했습니다. 법적으로 이미 끝난, 친구와의 싸움에서 일어난 일은 친구와 둘이 풀게 해야지, 다른 이들이 왈가왈부할 게 아니라고 생각합니다.

저 또한 황영웅 또래의 아들 셋을 두고 있습니다. 막내가 황영웅보다 두 살 어립니다. 22세 때의 과오로 황영웅의 인생을 매장시키기에는 그가 살아내야 할 날이 너무 많습니다. 이것이 다시 한 번의 기회를 주어야 할 이유입니다. 또 타고난 그의 목소리로 많은 사람을 위로하게 해주어야 합니다.

다시 한번 괴벨스의 선동 명언들을 떠올리며 부끄러움을 모르는 구태의연한 언론, 자극성 폭로로 선동하는 언론에 너무 화가 나 주필님께 하소연을 해보았습니다. 정말 한국 사회는 '반박되지 않는 거짓말'은 진실로 통하는 세상이 될까요? 몇 십 년 만에 한글로 쓰는 손편지라 글이 엉망입니다. 주필님 건강하시고 감사합니다.

최현주 올림.

꼬리에 꼬리를 무는 글

최현주 씨의 손편지를 조갑제TV에 '황영웅의 노래를 타고 태평양을 건너온 따뜻한 손편지'라고 소개했더니 또 많은 댓글 편지가 달렸다. 좋은 글은 꼬리에 꼬리를 물면서 더 많은 좋은 글들을 만들어낸다. 이들이야말로 정말 "행동하는 양심"이란 생각이 들었다.

▶ 달빛/태평양을 건너온 편지에 자꾸 눈물이 납니다. 타국에서 몸 잘 챙기시고 건강하세요. 구구절절 글귀에 담긴 내용, 수많은 사람들의 마음을 대변해 주셔서 막혔던 가슴이 뚫렸을 겁니다. 저도 자식 다 키워놓고 뒤돌아보니 허하고 텅빈 공간에 영웅님의 노래가 보약처럼 다가왔거든요. 감동받고 위로받고 행복해 하는 순간에 하차 소식은 정말 충격이었습니다. 빽도 없고 힘도 없고 돈도 없는 능력 있는 가수를 한순간에 내동댕이치는 걸 보고 눈물만 흘렸습니다. 요즘은 조갑제 선생님, 정풍송 선생님 좋은 말씀에 그나마 위로를 받고 있습니다.

▶ 은주/선생님 수고에 감사 드립니다! 황영웅님을 매개로 만나 참 훌륭한 분들을 알게 됩니다. 우리는 약하고 착한 자가 밟히지 않는 사회를 지향합니다. 그래서 행동해야 합니다.

▶ 눈물나는 편지이며 감동되는 글입니다. 선생님의 따뜻한 생각과 공정한 말씀에 위로가 됩니다. 이렇게 많은 팬들이 있다는 것이 얼마나 감사한지요. 두들겨 맞아서 만신창이가 된 황영웅님이 이 방송을 보고 위로가 되었으면 하는 바람입니다.

▶ 최현주님의 구구절절 감동스러운 글 감사합니다. 태평양 건너 저희와 같은 마음을 가진 분이 계시다는 것도 고맙고 감사한

일입니다. 어느 유튜버가 한국은 국민정서법이 있어서 황영웅님이 용서가 안 된다는 말을 하더군요. 가진 자들에게는 국민정서법이 적용이 안 되고 힘없는 청년에게는 그런 법이 적용된다는 현실이 답답하고 슬프네요. 조금 더 너그럽게 관용하는 사회가 되길 빌어봅니다.

▶ 미국 사시는 최현주라는 분 훌륭하십니다. 꼭 제 생각을 대변해 주는 것 같습니다. 같은 생각이지만 표현을 잘 못했는데 정말 맞는 말씀입니다. 기죽지 마시고 당당히 대중 앞에서 멋진 목소리로 만날 날을 기다리겠습니다. 언젠가는 보상받을 날이 있겠지요. 힘내십시오.

▶ 최현주님! 당신의 편지가 메마른 대지를 흠뻑 적시는 봄비와 같습니다. 이 편지를 소중히 여겨 공개해 주시는 주필님과 더불어 메마른 대지에서 희망의 새싹이 돋아 날 겁니다. 최현주 씨의 마음이 꼭 제 마음입니다. 기분 좋은 토요일 아침입니다.

▶ 저는 3년 전 남편이 교통사고로 저 세상으로 갔습니다. 세상사는 것이 너무 너무 허무하고, 외로운 시간을 보내고 있는데 황영웅님 노래 들으며 치유를 받고 있습니다.

▶ 성희/마음이 따뜻한 글 소개해 주셔서 고맙습니다. 아직은 세상이 살 만하다고 느껴져서 마음이 흐뭇합니다.

▶ 감사합니다. 아침에 일어나면 먼저 선생님의 말씀부터 시청합니다. 오늘도 보내주신 편지의 내용에 눈물이 한없이 흐르네요. 황영웅 가수님 이렇게 좋으신 분들이 계시는 것은 가수님에게 큰 복이고 큰 힘입니다. 힘내시고 훌륭한 가수님으로 거듭나세요.

▶ 너무 훌륭한 글, 정성스런 손편지 너무 감사합니다. 이민생활의 힘듦, 그럼에도 꿋꿋하게 살아내시고 성공하신 선생님 존경합니다. 자식을 키워낸 이 세상 모든 어머니들의 마음이 아닐까요. 황영웅은 마치 아픈 손가락 아들처럼 마음이 절절합니다. 국민의 아들 황영웅을 어머니, 아버지인 우리가 지키고 키워내야 한다고 생각합니다. 감사합니다.

▶ 영애/마음이 아련해지는 손편지네요. 따뜻한 감동이 묻어나는 글이네요. 한 사람을 밟아죽이는 언론에 대한 너그러운 인간미 넘치는 참다운 글입니다. 멀리 미국에서도 황영웅님을 응원하는 분이 계시기에 황영웅님은 외롭지 않겠네요. 힘 내세요.

▶ 조갑제 선생님, 저는 잠을 안 자고 선생님 정의로운 방송을

기다립니다. 수렁에 빠진 영웅님을 건져 주시려고 고생하시는데 잠 조금 안 자도 괜찮습니다. 선생님은 서민의 애환을 읽어주고 따뜻한 마음으로 보듬어 주셨습니다. 내 마음을 가져간 영웅님을 그리워했는데 지금은 조갑제 선생님께도 이 내 마음을 **빼앗긴** 것 같습니다. 선생님 말씀도, 영웅님 노래도 들어도 들어도 듣고 싶습니다.

▶ 제가 오늘 야근을 하는데 어느 환우 분 모습을 보고 깜짝 놀랐습니다. 어디에서 들릴 듯 말 듯 가느다란 소리가 나 소리 나는 쪽으로 가 보았는데 환우 분이 황영웅님 노래 "인생아 고마웠다"를 들으시며 가슴에 핸드폰을 안고 주무시는 모습을 보면서 눈물이 났습니다. 그분은 많이 아프신 시한부 환우분인데 노래는 듣고 싶고 옆사람에게 피해주지 않으려 핸드폰을 수건에 싸서 가슴에 묻고 황영웅님 노래 들으시면서 잠든 모습이 너무나 가슴 아프고 애처로웠습니다. 이렇게 황영웅님 노래가 이러한 분들에게 심금을 울립니다. 저도 그분 모습을 보고 너무 가슴이 무너지도록 아팠습니다. 감사합니다.

▶ b/소생은 70세가 넘은 남자입니다. 황영웅 씨 노래 들어 보니, 노래 내용에 맞추어 목소리가 달라지는 천변만화(千變萬化) 불세출의 가객이더군요. 실로 감탄하고 말았습니다. 그의 노래는

들어도 들어도 새롭습니다. 질리지가 않아요. 좋은 인재를 예쁘게 보고, 그가 더욱 발전하여 힘들게 살아가는 우리들에게 하루하루 위로가 되었으면 좋겠습니다.

좋은 글과 좋은 글이 이어 달리는 마라톤

▶ 선생님 감사합니다. 저도 60대인데 우리 가수님 노래를 듣고 우울증도 좋아져 행복했는데 하차 이후엔 잠도 못 자고 다시 우울해지고 제 마음을 가다듬고 있어요. 우리 가수님 노래는 치유의 노래입니다. 우리 가수님 돌아오기를 기다리며 응원합니다. 선생님 감사합니다~!!!

▶ 윤희/황영웅님, 이렇게 훌륭하신 선생님이 매일 애쓰시고 도와주시고 또 수많은 팬분들도 애타게 응원해 주시고 하니 지금은 많이 견디기 힘들고 마음 아파도 꼭 잘 견뎌서 하루 빨리 황영웅님을 사랑하는 많은 분들 곁으로 돌아오셔서 그렇게 애절하게 보고 싶고 듣고 싶어 하는 노래 많이 불러주세요. 노래로 고마운 분들한테 감사한 마음 많이 전해주세요. 곧 좋은 날이 올 거고 최고의 훌륭한 가수가 될 겁니다. 언제나 변함없이 사랑하고 응원합니다.

▶ 사이다 같은 조갑제 선생님의 말씀 너무 감사하네요. 저 혼자 삶이 힘든 줄 알았는데 많은 분들의 삶도 애절하네요. 황영웅님의 '빈지게' '인생아 고마웠다' 노래만 들으면 왜 그리 눈물이 나고 가슴이 먹먹한지요. 털어서 먼지 안 나는 사람이 어디 있나요.

▶ 귀자/선생님이 읽어 주시는 글을 들으면 한없이 눈물이 납니다. 이렇게 아픈 사람들이 황영웅 노래에 마음을 기대어 살아가고 있는데 저도 눈 뜨면 황영웅 노래를 듣고 온 종일 듣고 있습니다. 제 나이 60대 후반에 참 시련도 많았습니다. 황영웅 노래로 저도 보상 받고 살고 있어요.

▶ 정/좋은 글과 좋은 글이 이어 달리는 마라톤 같네요. 이 어려운 현실 속에서 꼭 필요한 글귀들입니다.

▶ 채현/어제는 제가 사는 동네 매장에서 황영웅 가수님이 부른 '빈지게'가 흘러 나왔습니다. 분명히 매장주인은 황영웅 가수님의 팬일 거란 생각이 들어 물어보니 맞다고 하더군요. 스피커엔 '빈지게'를 틀어놓고 손에는 유튜브로 우리 가수님의 소식을 검색하며 하루를 보내는데 '빈지게'는 자신의 마음을 너무 위로해 준다며 우리 가수님 칭찬을 하며 빠른 복귀를 애타게 기다린다고 하였습니다.

"세상을 바라보는 선한 시선이 생겼습니다"

▶ 선생님 복 받으실 겁니다. 약한 사람을 위해 이렇게 애써 주셔서요. 고맙습니다. 감사합니다.

▶ 아프고 힘들고 연약한 사람들의 공통점은 마음이 약하고 따뜻하다는 것입니다. 황영웅님의 자란 환경도, 폭행 사건도, 문신 사건도 따뜻하게 얼마든지 감싸줄 수 있는 문제입니다.

▶ 영숙/며칠 전 지하철 타려고 기다리고 있는데 어디선가 가느다란 노래 소리가 들려오길래 그쪽을 쳐다 봤더니 황영웅 가수의 노래 '없을 때 안 볼 때'를 듣고 계시는 한 50대 중년 여성이 눈에 띄었습니다. 근데 그 여성의 눈에서는 눈물이 흐르더라고요. 마스크를 썼지만 눈물은 보이더라고요. 그래서 그분도 저랑 같은 슬픔과 아픔을 가지신 분이구나 하는 생각과 황영웅의 노래가 이렇게 많은 사람들의 심금을 울리는구나 하는 걸 또 한번 느꼈습니다. 조갑제 선생님 감사합니다.

▶ 울산의 큰 별 영롱한 별이 떨어졌는데 울산시민은 뭐하십니까. 잠 못 이루며 애통할 것 같은 황영웅 가수의 가족들을 위로해 주세요. 그 아픔 같이해 주세요. 나도 억울하고 아픈데 본인이나

가족들은 얼마나 힘들겠어요.

▶ 선생님, 오늘도 친정 아버지 뵙고 하루를 시작하는 마음입니다. 선생님 말씀 듣고 세상을 바라보는 선한 시선도 생겼어요. 처음에는 노래 때문에 팬이 되었지만 이제는 그 어떤 과거의 잘못도 너무나 가혹한 공격으로 천 번 만 번 뉘우치고 아마도 세상에서 사라져버리고 싶은 생각이 들었을지도 모를 만큼 최강도의 형벌과 거액 상금도 벌금이라 생각하면 이젠 그 청년은 세상에 나와도 더 이상 건드리면 안 된다고 생각합니다. 그가 자유롭게 노래 부르고 많은 이들이 위로 받는 날이 온다면 그건 선생님 말씀이 큰 도움이 된 거라 생각할 겁니다. 가끔 헛돌아가는 세상을 보실 때 이번처럼 저희에게 경종을 울려주셔요.

▶ Yh/선생님 지혜로우신 말씀 고맙습니다. 노인 자살률 백번 지당하신 말씀이십니다. 노인들의 공허함에 생명력을 불어 넣어주는 '인생아 고마웠다'는 나도 소중한 사람이구나, 나를 이해해주는 사람도 있구나 라는 안도감을 느끼게 만들어 줍니다. 황영웅이 부르는 노래의 힘은 말로 표현이 안 되는 무언가가 있습니다. 선생님, 어른으로서 영웅 노래의 치료효과를 널리 알려주시길 부탁드립니다.

▶ s/황영웅 씨에게 언폭을 일삼는 언론들에게 묻고 싶습니다. 황영웅 가수가 사람을 죽였나요? 아님 누구에게 성폭행을 했나요? 아니면 부모 형제를 때렸나요? 아니면 강도짓을 했나요? 반대를 위한 반대만 하면서 노래를 할 수 있는 자유와 노래를 들을 수 있는 자유를 일방적으로 막겠다는 그 속셈이 무엇인지 궁금하군요. 이건 독재국가의 독재자만이 할 수 있는 악이 아닐까요? 나는 단언컨대 황영웅 씨는 반드시 트로트 가수로서 대성할 것이라는 예언을 합니다. 연일 이 사회의 한켠에서 일어나는 불의에 대항하여 정의를 세우시려는 그 노고와 정의감에 감사를 표합니다.

"여기가 김정은 정권 사회입니까"

▶ 우리나라 요즘 세태 이상하게 흘러가요. 여기가 북한 김정은 정권 사회입니까. 이것도 하지 마라 저것도 하지 마라 반성하라 자숙해라 나오지 마라. 한 가수의 개별 활동은 엄연한 자유인데 그런 세세한 거까지 검열하고 참견하고 김정은 독재국가 보는 거 같군. 요즘 사회인식이 개방되고 생각이 열렸다던 우리나라 시민의식 수준, 문화수준이 최하위인 줄 이제야 알았네. 남이야 자유롭게 활보하든 노래 부르든 당신들한테 허락 동의 받을 의무 더더욱 없음을 선포한다.

▶ sj/저는 선생님 영상을 보면서 매일 웁니다. 아픈 아들 간병하면서 힘겨운 나날이지만 황영웅 가수님 노래 들으며 위로를 받고 보답으로 가수님 응원하던 중에 갑자기 하차를 하여서 아직까지도 가수님 복귀 소식 기다리는 서민입니다. 돌아가는 이 사회를 보고 큰 낙담을 하고 있었지만 선생님이라도 계셔서 조목조목 아닌 거 짚어주시고 대쪽 같은 직언을 해주셔서 너무나 고맙습니다. 항상 등대처럼 버티고 다독여 주시는 것 같아서 너무 든든합니다.

▶ 주필님 오늘도 감사합니다. 마음이 아파 눈물이 납니다. 언론인들은 본인들의 기사나 보도가 이 세상의 대변이라는 아주 위험한 착각에 빠져 있는 것 같아요. 이 시대의 가장 위험한 단체가 아닌가 합니다. 영웅님의 힘든 정신적 고통은 과연 상상할 수 있을까요. 영웅님 건강 챙기시고 꼭 다시 뵐게요.

▶ 엘리/참 기가 막히네요. 황영웅 가수가 노래를 부르는데 자기들이 뭔데 이러쿵 저러쿵 하나요. 자숙은 본인이 알아서 하지요. 기자들이 자숙을 했는지 안 했는지 어떻게 아나요?

▶ 은진/ 조 선생님 오늘도 옳으신 말씀 감사합니다. 황영웅님의 노래로 위로받으며 열심히 살고 있는 60대 후반의 가정주부입니다. 선생님께서 황영웅님에 대해 동영상을 올리신 이후 참으로

감사해서 한 번도 **빼놓지** 않고 경청하며 꼭 감사의 댓글을 올리고 어느 시간에 또 황영웅님의 좋은 소식을 올리실까 간간이 폰을 살피는 습관이 생겼습니다.

아마도 선생님의 옳으신 말씀이 황영웅님에게 전달되어 잘 대처하고 있을 줄 믿고 기도하는 마음으로 기다리며 응원하고 있습니다. 오늘도 말씀하신 내용 귀 기울여 들으며 언론인의 자격과 또한 책임과 의무 등에 대해 생각해 보고 새로운 지식이 생기는 것 같습니다.

학폭보다 언폭이 천배 만배나 죄가 크다는 말씀에 놀라웠고, 황영웅님과 팬들이 당한 언폭 피해도 보상받을 날이 속히 오겠다 생각하며, 선생님께서 분명 좋은 날이 올 것이라고 희망과 응원의 말씀을 해주셔서 진심으로 진심으로 감사했습니다. 영상을 보며 올리고 싶은 말이 많았는데 글솜씨도 부족하고 생각이 안 나네요. 황영웅님이 좋은 일을 할 수 있도록 계속 도와주시고 선생님도 환절기 건강하세요. 고맙습니다.

도쿄에서 온
절박한 편지

'인생아 고마웠다'…
내 이야기 같아 울컥했다

2023년 3월 하순 도쿄에 사는, 자신을 '여장부(女將)'라고 소개한 재일 교포 여성이 애절한 이메일을 보내왔다.

선생님의 지혜로운 말씀에 항상 감사드립니다. 제 이름은 그냥 여장부(女將)라고 해주세요. "황영웅님의 노래를 듣고 마지막 항암제의 고통을 잠시나마 잊고 넘 행복했어요"라고 댓글을 보냈던 도쿄에 살고 있는 63세 여성입니다.

2년 전 코로나19가 한창 기승을 부리고 있을 때, 외부와 단절된 생활 속에서 정기검진 통지서를 받고 굳이 이 상황에 병원 가는 게 좋을까 망설였지요. 그러던 중 TV에서 어느 중년 여성이 극심한 코로나가 무서워 병원에 가는 것을 미루다가 통증이 없었던 병세가 말기 암으로 번져 수술도 못 할 정도가 되었다고 안타까워하는 것을 보고 바로 병원에 가게 되었지요.

그런데 하늘이 무너지는 청천벽력 같은 유방암 선고를 받고 혼자서 밤새도록 울었네요. 30년 외국생활에 두 아들을 영어권 유학에 장가까지 다 보내고 이젠 온전히 나만을 위해서 살자고, 더이상 자식들에게 송금할 필요도 없이 자립들을 잘해줘서 행복한 시간만 남았다고 좋아라 했는데 말입니다.

수술 후 상태가 좋지 않아 실의(失意)에 빠졌었는데 항암제 치료만이 최선이라는 의사의 설득에 14개월간의 화학요법 마지막 항암제를 2월15일에 맞고 지쳐 있을 때 우연히 황영웅님의 '인생아 고마웠다'를 듣는 순간 뭔가 가슴이 짠하게 와 닿으며 꼭 저를 두고 하는 말 같아 저도 모르게 눈물이 쏟아지며, 한편으로는 억울하고 분했던 마음을 삭이게 되었네요.

서둘러 찾아보니 '불타는 트롯맨' 이라는 프로그램을 알게 되어 황영웅님을 응원하게 되었고 결승전을 기대하며, 감동받고 위로받고 행복해 하는 순간 하차 소식에 정말 충격이었어요. 트로트 경력 1년에, 6년 근무지 사직서까지 내고 참가한 경연에서 악질 유튜버들의 입질로 갑자기 하차라니요. "이젠 돌아갈 곳이 노래할 수 있는 무대 하나밖에 없어요"라고 했던 황영웅님이 생각나 막내아들 같은 어미의 마음으로 무척 안쓰러워 가슴이 미어졌습니다.

황영웅 복귀 콘서트를 기다리며
이젠 하루라도 더 살고싶어…

이젠 황영웅님의 노래를 못 듣나 싶어 속상하기도 해 언론폭력범들을 찾아 처음으로 댓글을 보내던 중 선생님의 방송을 보고 든든한 지원군(支援軍)을 만난 기분이었어요. 게다가 또 유명한 천재 작곡가 정풍송 선생님까지 "수백만 명 중에 태어날까 말까 하는 타고난 천재의 목소리를 지닌 황영웅 가수"라고 해주시니 천군만마(千軍萬馬)를 얻은 것 같아 너무나 기뻤고 조금 더 빨리 황영웅님의 복귀가 되겠구나~하고 안도의 한숨을 쉬었습니다.

선생님의 직언 방송 후 인터넷에 떠도는 뉴스도 악질 유튜버들의 입질도 못 된 기자들의 '따옴표 저널리즘'도 슬슬 수그러들고 있는 것 같고 어쩜 황영웅님의 복귀도 빨라질 것 같아 저는 이제 열심히 살아보려고 노력해 보자 다짐했어요.

'백년의 약속'은 한국을 떠나온 후 히트한 곡이라 처음인데 황영웅님의 노랫소리를 듣는 순간 소름이 끼칠 정도로 아름답고 절절한 한 편의 서사시 같았어요. 그래서 황영웅님의 콘서트도 가보려고 운동도 시작하고 뱃살도 줄여 예쁜 옷도 사려구요.

제 나이에 처음으로 팬클럽 가입도 하고 콘서트도 1996년 계은숙씨 도쿄 콘서트 이후 27년 만이라 가슴이 두근두근 설레고 하루라도 더 살고 싶어졌거든요.

칠순의 김의조님도 주옥같은 글을 보내왔다.

제 나이 칠순에 언론의 만행과
싸우고 있습니다

선생님, 이 시대 최고의 진정한 학식과 불의를 보시면 참지 못하시는 선생님의 모든 부분을 닮고 싶습니다. 파라다이스 팬들은 선생님 생각만 하면 힘이 솟기도 하지만 마냥 눈물이 흐른다고 합니다. 저 또한 24시간 이이폰을 귀에서 빼놓지 않다 보니 귀가 짓물러 연고까지 바르면서 헤어나올 수 없는 시간들을 영웅님의 노래로 위안을 받고 있습니다. 선생님 강의 부분을 카페 게시판에 올렸는데 많은 사람들이 호응했지만 지금은 조금 심호흡 할 때라고 계획을 정확하게 세워서 하자는 의견이 많아서 잠시 기다려 보기로 했습니다.

안 그래도 하루하루 살아가는 힘든 삶을, 좀 배우고 만년필깨나 굴린다고 남의 인생 생각지도 않고 잿더미에 파묻어 버리는, 숨소리도 듣기 싫은 언론과 기자들. 우리는 이들의 만행이 어디가 끝인지 모르지만 끝까지 맞붙어 싸울 것입니다.

제 나이도 어느새 칠순입니다. 제가 한국일보에 메일 보내고 jtbc '사건반장'에 글 올리고 대통령실 국민제안에 사연 보냈습니다. 문화체육관광위원회에서 방송통신위원회로 이송되었다는 문자 받았습니다.

제 뜻이 잘 전달되어 영웅님의 아픈 마음에 다시 봄이 찾아오도록 해주고 싶습니다. 영웅님의 노래는 부르는 게 아니라 감정을 담아 우리에게 얘기하는 것입니다. 꽃은 다시 필 수 있어도 젊음은 다시 오지 않는데 국민들이 선택한 가수의 재능을 압수하고 온갖 모독을 주는 건 큰 잘못입니다.

아버지 같은 선생님, 제발 황영웅 가수님이 젊은 시절 해병대에서 행군하는 씩씩한 모습처럼 날개를 펴고 다닐 수 있도록 도와주십시오. 방통위에서 좋은 결정 내려줄 수 있기를 기도합니다. 선생님 고맙습니다.

MBC 실화탐사대가
도마 위에 올린
황영웅의 인생

언론 폭력은 아무도 제어 안 해

2023년 3월 하순 선동방송 MBC의 자칭 '실화탐사대'가 황영웅 사태를 다루겠다고 예고하자 중국에 거주하는 50대 한국여성 윤서윤 씨가 나에게 긴 글을 보내왔다. 읽어보니 훌륭한 논문이요 균형잡힌 수필이었다. 전문(全文)을 소개한다.

존경하는 주필님, 안녕하십니까? 요즘 황영웅 사태와 관련해 조갑제 선생님의 방송을 보며 많은 힘을 얻고 있습니다. 어떻게 나이 들어가야 할지에 대해서도 많은 통찰을 주십니다. 감사합니다.

해외 거주 50대 한국 여성입니다

저는 해외에서 열심히 근무하고 있는, 막 50대에 들어선 대한민국 여성입니다.

나보다 더 나를 사랑해 주는 남편을 만나 직장에서, 사회에서 힘든 일이 있어도 마음에 쌓을 필요 없이 평화롭게 살아 오고 있었는데, 이번 황영웅 사태를 겪으면서 치밀어 오르는, 해결되지 않는 분노에서 벗어나기가 어려웠습니다.

젊은 사람들이 말하는 소위 "안 본 눈과 안 들은 귀"가 있다면 돈을 주고라도 사고 싶을 정도였습니다. 황영웅 가수를 봐 버렸고, 그의 목소리와 노래를 들어버린 내 눈과 내 귀가 원망스러울 정도였습니다. 가족도 아니고 고향 사람도 아니고, 아무 관련도 없는 사람인데, 이렇게 마음이 아플 수 있다는 것이 스스로도 놀라웠습니다.

남편도 같은 의견으로 한편이 되어 주어 위로는 되었지만, 문제 해결은 안 되고 있었고, 언론의 폭력은 아무도 제어해 주는 사람 없이 고삐 풀린 망아지 마냥 무법천지로 날뛰는 것을 보며 절망스러웠습니다. 빛이 없는 터널 속 같은 상황에서 많은 팬들이 힘들어하고 있을 때, 그 속으로 뛰어 들어와 주시고, 이제는 출구의 빛이 보이는 데까지 이끌어 주신 주필님, 고맙습니다!

삶에는 아이러니가 많은데, 주필님이 늘 말씀하시는 것처럼 이번 사태에도 놀라운 아이러니가 있는 것 같습니다.

첫째, 있어서는 안 될 일이 벌어져 모두가 아파하고 분노할 수밖에 없었지만, 결과적으로는 황영웅 가수가 누구인지, 그의 목소리와 노래가 얼마나 위대한지, 또 그를 사랑하는 사람이 얼마나 많은지가 확실하게 널리 알려지는 절호의 기회가 됐으니까요.

둘째, 이번 기회로 많은 국민들이 소위 "미디어 리터러시" 교육을 제대로 받게 되었다는 것입니다. 세계는 지금 챗GPT 시대가 도래하여 그야말로 초비상 상태인데, 주필님께서 요 몇 주간에 걸쳐서 어떻게 언론을 바라봐야 하는지, 어떻게 미디어에서 사실과 거짓을 읽어내야 하는지, 어떻게 비판적인 독자가 되어야 하는지 등에 대해 귀한 강의를 해주셨습니다.

아마 현재로서는, 우리나라가 대단위 챗GPT 일반시민 대상 교육은 세계에서 가장 효과적으로, 가장 뜨겁게, 가장 발빠르게 진행하고 있지 않나 싶습니다. 황영웅 가수 사태로 말입니다. 감사합니다!

주필님, 제가 해외에 있는 관계로 MBC '실화탐사대'에 글을 올리고 싶지만 그것도 여의치 않아 여기에 글을 남깁니다. 제 마음을 주필님과 팬분들과 나누고 싶은 단순한 마음입니다.

아래 이어지는 내용은 '실화탐사대' 측 관계자께 하고 싶은 말을 제가 쓴 것입니다. 시간이 되신다면 읽어 봐 주시면 감사하겠습니다. 긴 글이라 죄송합니다.

"사실상 인생이 끝나는 것"

'실화탐사대' 관계자님 안녕하십니까? 먼저, 저는 살면서 어떤 팬클럽에도 가입해 본 적이 없으며, 지금도 없음을 말씀드립니다. 해외에서 근무하고 있는 한국 국민입니다. 알고 계시겠지만, "미디어는 메시지다"라는 유명한 말이 있습니다. 어떤 내용을 다룰지에 관계 없이, '실화탐사대' 라는 미디어의 타깃이 되었다는 자체로 이미 메시지의 상당 부분은 다 만들어졌음을 의미한다고 생각합니다. 아이돌 그룹 좋아하는 딸아이가 황영웅 '실화탐사대' 얘기를 듣자마자 깜짝 놀라며, "진짜? 아니, 왜? 황영웅이 왜 그런 데 나와? 아이돌 가수들은 문제 진짜 많을 때도 실화탐사대 같은 방송에 나오는 경우는 없는데? 와~~ 진짜 이상하네… 너무하다!"라고 바로 반응을 합니다. 중고등학교 학생들이 딱 들어도 이 상황은 정말 이상합니다. 정상적인 상황으로 들리지 않습니다.

황영웅은 꿈을 가지고 트로트 오디션 프로그램에 지원하여 영혼을 불태워 노래를 한 우리 사회의 평범한 청년 시민이었습니다. 노래를 너무 잘한다는 것 말고는 저와 같은 우리 사회의 한 무명 시민에 불과했습니다.

그런데, MBC 실화탐사대라는 메이저 언론이 이 한 청년의 삶을 도마 위에 올리겠다고 합니다. 도마질을 하실 분들은 잘 모르실 수도 있고, 그 흥미로운 도마질을 보며 호기심 천국을 기대하는 사람들에게는 눈요깃거리일지 모르나, 한 평범한 인간에게 있어 이 방송의 타깃이 된다는 것은 그 자체만으로도 이미 사실상 "인생이 끝나는 것"과 거의 같은 의미를 지니며, 힘 없는 서민에게는 상상할 수 없을 정도의 스트레스와 충격임을 꼭 알아 주시길 부탁드립니다. 얼마나 도마질을 잘하는지, 무엇이든 다 도마질을 해낼 힘과 기술이 얼마나 많이 있는지 등을 보여주고 싶은 동기라면 좀더 적합한 다른 대상을 찾아 주시길 간곡히 부탁을 드립니다.

본질적으로, 황영웅의 죄라면 이미 너무 유명한 한 가수와 이름이 감히! 똑같다는 것과 노래를 버금가게 감히! 잘한다는 것, 그리고 감히 너무나 많은 시민들이 그의 노래에 감동되게 하는 것 정도라고 볼 수 있습니다. 이 사태가 시기와 질투에 뿌리를 두고 있다는 사실을 모르는 사람은 현재 거의 없습니다. 그래서 이 사태를 다루는 것이 아주 조심스러워야 합니다.

연구 대상인 황영웅 신드롬

한 유튜버의 공격으로 시작된 파괴적 누룩이 파울 요제프 괴벨스식 선동으로 일파만파 가짜 뉴스들로 번졌고, 황영웅 가수는 이견 없는 우승 후보였지만, 트로피만 받으면 거의 되는 결승 2

차전 녹화 후에 자진 하차를 해야 했고 6억 원가량의 상금도 포기한 상황입니다. 사과문을 냈고 지금은 숨소리도 내지 않고 사라져 있는 상황입니다. 다만, 그가 경연에서 불렀던 노래들이 죽지 않고, 계속 살아서 일하고 있는 기이한 현상이 지금 우리 사회에 일어나고 있습니다. 헤아릴 수 없는 많은 사람들의 마음을 치유했고, 지금은 밥을 먹지 못하고, 현실에서 일이 손에 안 잡히고, 무기력, 우울증, 그리고 분노에 고통받는 사람들이 너무 많습니다. 과장의 수사가 결코 아닙니다.

과거 "서태지 신드롬의 사회문화적 의미에 관한 연구"들이 나왔었던 것처럼, 분명 현재 일어나고 있는 "황영웅 신드롬"은 사회문화적으로 연구가 되어야 할 만큼 중요한 사안입니다. 가수는 사라진 상태에서 우리가 목도하는, 남겨진 노래의 말도 안 되는 기적 같은 힘과 치유 효과, 언론의 역할, 돈벌이에 급급한 가짜 뉴스, 말도 안 되는 거짓을 마구 양산해 내도 처벌하지 못하는 미디어법, 언론 보도 성실성의 문제, 선동의 파괴력 및 영향, 문신을 통해 드러난 다름에 대한 우리 사회의 혐오와 차별, 갈등에 대한 보복적 정의만 있고 회복적 정의는 없는 균형을 잃어버린 디스토피안적인 우리 사회, 한번 넘어지면 다시는 못 일어나게 하는 문화, 개천에서 용이 나오려 할 때 기득권이 어떻게 멋지게 사다리를 걷어 차 버리는지, 개천에 대한 우리 사회의 혐오와 무시 및 몰이해, 그리고 무엇보다 "한국인은 배 고픈 것은 참아도, 배 아픈 것은 참지 못한다"는, 한 대사가 임기를 마치고 이임사를 통해 했다는 말처럼 우리 사회의 과도한 경쟁과 상호 비교, 일등지상주의 문화 등등의 많은 담론들이 분명히 깊이 있게 다루어질 것입니다.

황영웅 가수와 연결된 현재의 상황은 결코 단편적이거나 쉽게 다루어져서는 안 되며, 그러기에는 이미 너무 중요하고 또 위험한 상황이 되어 있습니다. 단순히 몇 만 명 되지 않는 팬덤 정도라고 오판하시면 큰일 날 수 있는 정도의 사안이라 감히 말씀드립니다. "#내가 황영웅이다"라고 조용히, 그러나 강력하게 속으로 미투(Me, too)를 외치고 있는 국민, "샤이 황영웅"이 많이 있다고 생각합니다.

기레기

국민 한 개인의 과거를 철저하게 발가벗겨 대중에게 전시해 주겠다는 미디어의 야심의 동기가, 그 주 목적이, 특정 힘 센 고객 집단의 호기심과 욕구 충족, 그리고 누구든 발가벗길 수 있다는 미디어의 파워 과시에 혹시라도 연결되어 있다면 이건 "포르노를 찍어 방영"하는 것에 가깝지 않습니까? 그 포르노를 당하는, 만천하에 발가벗겨지고 타자화된 약자의 존엄과 인권은 어디 있는지 한 번만 더 깊이 고려해 주십시오.

"진실"이라는 것이 진짜로 알고 싶으면, 궁금한 사람이 피해를 당했다고 주장하는 그 익명의 인물(들)을 찾아 제대로 진위를 조사하는 일이 우선 아닙니까? 한 인간의 육체와 영혼을 다방면에서 일단 먼저 전방위적으로 탈탈 털어 만천하에 공개하고 보자는 듯한 시도는 어떻게 받아들여야 합니까? 그 시민의 과거에 대해서 뭐든지 아는 사람 다 제보하라는 식은 무엇입니까? 더구나, 제일 약한 "한 놈만 팬다" 식으로… 방송사들, 언론들, PD들, 그리고 정치세력들 간의 과한 경쟁과 견제, 복잡하게 얽힌 관계의 문제 사이에서 한 명의 보기 좋은 희생양이 만들어지는 건 아닌지… 염려가 많이 됩니다. 아니길 간절히 바라는 일입니다. 힘 없고, 학력 없고, 재산 없고, 백 없고, 거기다 전과자라서 그래도 괜찮다고요? 설마 그런 수준은 아닐 거라 믿습니다.

이전에는 "기레기"라는 용어를 들을 때 과하고 혐오적인 표현이라 생각했었습니다. 그런데, 죄송하지만 요즘 사태를 보며 많은 생각을 하게 되었습니다. 저뿐 아니라, 평소에는 정치와 미디어에 별 관심이 없었던 많은 일반 대중들도 이번 기회에 제대로 된 미디어 교육을 강제로 학습할 수 있는 감사한 시간이 된 아이러니한 현재 상황입니다.

아래 내용은 제가 이번 사태를 보며, 몇몇 미디어들에서 발견한 내용들을 제 개인 노트에 감상식으로 적어 놓았던 것들을 옮겨 왔습니다. 참고해 주시길 바랍니다.

문신이 상해 전과의 증거?

#나도 그 유튜브 영상("불타는 트롯맨 황영웅의 두 얼굴… 충격 과거 실체")을 봤다. 두 가지 이상한 점이 있었지만, 한 가지만 적어 본다.

"이를(상해 전과가 있다는 것을) 뒷받침하는 내용으로 황영웅의 몸에 새겨진 문신들을 공개한 바가 있습니다"(영상 1:24초 ~ 1:35 초)라고 말하고 있다. 이게 무슨 논리인가? 여기서 난 그냥 빵 터졌다. 내 눈과 귀를 의심했다. 이런 말도 안 되는 논리라니… (진짜, 애들 웃는다.) 문신이 몸에 있으면 상해 전과가 있다는 증거가 된다? 초등학교 교과서에 혐오 표현의 예시로 나올 법한 발언이다. 중고 등학생들 이렇게 글 쓰면 혼난다(물론 선생님들은 사랑으로 잘 바로잡아 줄 것이나, 다행히 이런 수준의 논리 펼치는 요즘 애들은 거의 없다). 그리고 이는 몸에 문신 있는 우리 사회 많은 사람들에 대한 모욕이며 나아가 혐오와 차별이 될 수 있다. 이는 가볍지 않은 사안이 된다. 무엇보다 '이 영상은 자신의 독자, 즉 영상 시청자들을 도대체 어떤 사람들로 생각하고 있을까' 하는 생각이 들었다. 이런 어이없는 논리도 다 용납해 줄 거라 생각하는가? 무조건적 용납과 맹목적 사랑에 대한 확신? 아니면 진짜 이런 말을 해도 실제로 믿는 사람들이라 간주하는 걸까? 독자의 사고력을 뭘로 보고? 사실이라면 자신의 독자에 대한 사랑과 존중을 좀 더 보여주면 좋겠다. 그래도 우리나라 아직 교육 수준 높다. 단순 실수라면 조금만 더 주의를 기울여 주면 좋겠다.

#2023년 3월5일 스포츠경향 인터넷 기사를 보며 많이 놀랐다. 제목은 "황영웅, 학폭 가해자의 결말은 결국 '손절'"이었다. 제목도 문제가 많지만, 이 기사를 읽어 나가면서 점점 헷갈렸다. 이 기자가 이 기사를 쓴 목적은 무엇일까? 사실 보도 맞나? 명색이 기자가, 그것도 보도 기사에서 객관성, 중립성은 온데간데 없고 우리 사회 한 시민(황영웅)에 대한 개인적인 비꼼과 냉소를 가차 없이 드러낸 것 같았다. 하차를 선언한 안타까운 상황에서, "더 나빠질 것이 없어 보이던 여론은(을)(기사에 오타가 있었다.) 더 나빠지게 하는 능력을 발휘했다" 라고 황영웅을 공격했다. 황영웅이 여론을 더 나빠지게 하는 "능력"을 "발휘했다"고 아주 제대로 비아냥대는 것 같았다. 독자로서 이런 글쓴이의 어조를 들으며 가히 공포를 느꼈다. 도대체 어떻게 하면 이런 종류의 기자정신이 나올까?

"황영웅은 마지막 가는 길에서도 '사실이 아닌 이야기들에 대해서는 저를 믿어주신 분들을 위해서라도 꼭 바로잡고 싶습니다'라며 강경 대응할 뜻을 내비쳐 더 나빠질 것이 없어 보이던 여론은 더 나빠지게 하는 능력을 발휘했다."

그리고, 그 다음 이어지는 내용에서는 정말 이해할 수 없는 발언이 보여서 솔직히 내 눈을 의심했다. "여기에 트로트계에서 절대적 위치에 올라간, 절대 건드려서는 안 될 '임영웅'을 건드렸다"고 했는데, "절대적 위치에 올라간, 절대 건드려서는 안 될 임영웅"이라니! 팬심 가득 담은 팬레터나 댓글이면 이해가 가지만 그래도 명색이 주요 언론 보도기사인데… 개인 유튜브도 아니고… 이런 거 기사 맞는가? 이 사건의 본질은 과연 무엇인가?

"그 와중에 황영웅의 팬들은 '오직 우리 황영웅 가수님'만을 외치고 옹호하며 피해자들에게 2차 가해를 가했다. 여기에 트로트계에서 절대적 위치에 올라간, 절대 건드려서는 안 될 '임영웅'을 건드렸다."

페더러와 나달 같은 임영웅과 황영웅을 꿈꾼다

'실화탐사대' 관계자님, 긴 글 읽어 주셔서 감사드리며, 다시 한번 부탁드립니다. 실화탐사대가 프로그램 정보 섹션에서 선언한 "깊이 있는 취재"와 "사회적 메시지" 탐구를 위해서는 일개 힘 없는 가수가 아니라, 이번 사태의 더욱 본질적인 우리 사회 문제를 파악하고 거기에 초점과 방향을 잡는 것이 필요하다고 생각합니다. 이번 황영웅 가수 방송을 재고해 주십시오. 이번 사태는, 최근 유행했던 드라마 〈더 글로리〉보다는 비정하고 비열한 미국 기득권 사회를 비판한 피츠 제럴드의 유명한 미국소설 〈위대한 개츠비〉의 첫 페이지 내용과 더 겹쳐 보입니다.

〈"누구든 남을 비판하고 싶을 때면 언제나 이 점을 명심하여라." 아버지는 이렇게 말씀하셨다. "이 세상 사람이 다 너처럼 유리한 입장에 놓여 있지는 않다는 것을 말이다."〉

이번 사태를 통해 언론이 사회의 갈등을 더 부추기기보다는 우리 모두가 좀 더 서로를 이해하고 보듬는 따뜻한 사회로 나아갈 수 있도록 큰 역할을 해주시기를 간절히 부탁드립니다. 오늘 뉴스를 보니 2023년 세계 행복 순위에서 우리나라가 경제 수준에 비해 행복 순위는 올해도 여전히 아주 낮은 것으로 나타났고, 자살률은 OECD 국가 중 부동의 1위를 지키고 있다고 합니다. 싸매고 치유하는 역할을 언론이 해주시길 부탁드립니다.

저는 임영웅 가수도 좋아했습니다. 아직도 "별빛같은 나의 사랑아" 노래를 좋아합니다. 서로 비교하기보다는 선한 경쟁으로 라이벌이지만 같은 길을 치열하게 걸어가야 하는 동료로 존중하며 서로 아껴준다면 우리 가요계, 나아가 우리 사회가 얼마나 풍성해지고 아름다워질까요?

테니스계의, 아니 스포츠계 전체를 통틀어 가장 치열했고 필생의 라이벌이었지만 어느 새 친구가 돼 버린 로저 페더러와 라파엘 나달처럼 말입니다.

작년 9월 역사적인 페더러 은퇴 경기에서 나달은 페더러 옆에 나란히 앉아 주었고, 흐느끼는 페더러를 보며 뜨거운 눈물을 함께 흘려 주고 손을 서로 잡았습니다. 나달은 페더러가 떠나는 것이 마치 자신의 몸의 일부가 떨어져 나가는 것 같으며, 자신이 부상으로 힘들 때도 항상 페더러를 생각하며 다시 일어설 수 있었고, 페더러는 그렇게 자신에게 항상 더 나아갈 수 있는 동기가 되어 주었다고 인터뷰를 했습니다.

이 장면은 全세계 테니스 팬들을 감동의 도가니로 몰아넣기에 조금도 부족함이 없었습니다. 이 둘의 라이벌 관계가 지난 십수 년간 세계 남자 테니스의 황금기를 만들었다는 사실을 부정할 사람은 거의 없을 것입니다. 진정한 승자는 예술의 경지에 오른 아름다운 테니스 경기를 동시대인으로서 향유할 수 있었던 全세계 팬들이었습니다. 우리나라의 두 영웅도 그랬으면 좋겠습니다. 미슐랭 5 스타의 멋진 음식이 하나만 있는 것보다는 두 개, 아니 세 개를 맛 볼 수 있는 사회가 된다면 미식가들에게는 더 큰 축복이 아닐까요? 상생의 사회가 되도록 언론이 도와 주십시오.

다시 말씀드리지만, 이번 사태는 쉽게 다루면 절대 안 되는 정말 중요한 사안입니다. 아직 시간이 있습니다. 방향이 잘못되어 있음을 알았을 때는 전속력으로 후진할 수 있는 것이 더 나은 세계로 전진하는 진정한 진보라는 말을 기억해 주시길 부탁드립니다. 좋은 소식 기다리겠습니다. 이번 여름 방학 때 한국에 가면 가족 모두가 황영웅 콘서트 가기로 약속해 놓은 상태입니다. 부탁드립니다. 감사합니다.

한국에선
Second Chance가
용납되지 않는가?

진심 어린 댓글들

황영웅 관련 동영상에 댓글 편지를 써 올리는 이들은 여성, 특히 어머니들이 많았다. 모성애(母性愛)의 감수성이 아름다운 문장으로 나타난 경우인데 미국 뉴저지에 거주하는 최현주 씨는 몇 차례 더 나에게 편지를 보냈다.

어제 아침 너무 당황한 가운데 전화를 받아 혹시 결례를 하진 않았나 계속 생각해 봅니다. 주필님께서 직접 전화를 주실 줄은 전혀 생각하지 못했습니다.

기다린 날이 왔어요! - 엄마들이 눈물로 지켜낸 가수 황영웅 이야기

동지의식

　정말 한 3주 전만 해도 전혀 모르던, 관심도 없던 트로트 오디션 프로그램의 황영웅 씨로 인해 처음 경험하는 일이 많습니다. 주필님 TV 보는 것도, 댓글을 쓰는 것도 처음이었고, 이젠 한국에 있을 때 신문에서만 뵙던 주필님의 전화까지 다양한 경험을 합니다.

　또한 제 편지를 들으신 많은 분들의 '감사하다, 동감이다'라는 댓글을 읽으며, 이분들께 어떻게 인사를 드려야 할지 제가 되레 빚을 많이 진 것 같습니다. 정말 처음으로 댓글들을 찬찬히 읽으면서 여기 댓글을 다시는 분들이 우리 사회 각계 각층에서 오신 분들이란 걸 알았습니다.

　어떤 기준의 많고 적고를 떠나 모두 같은 마음이신 분들을 뵈며 동지의식 같은 걸 느꼈습니다. 수건으로 꼭 싸맨 핸드폰으로 노래를 들으신다는 환자 분의 얘기를 읽는 순간 코끝이 시큰해지며 가슴이 아팠습니다. 그분의 손을 꼭 잡고 잘 살았다고 훌륭했다고 곁에서 말씀드리고 싶습니다. 그분이 편안하셨으면 좋겠습니다.

　주필님께서 조갑제TV에 자리를 만들어 주셨기에 여러 곳에서 소리 없이 지내시던 분들의 진심 어린 글들을 접하게 됐습니다.

　MBC 게시판 글 중 iMBC 기자들이 쓴 글을 정말 조목조목 반박하는 글이 눈에 띄었습니다. 주필님의 방송을 보고 그분이 기자들에게 보낸 글이란 걸 단박에 알았습니다. 주필님 방송이 없었다면 일어날 수 없는 일이 일어난 것입니다.

조갑제TV를 보신 많은 분들이 언론의 횡포에 민주투사같이 조금씩 반기를 들고 계십니다. 언론계의 큰 어르신으로 이젠 저희들의 가장 든든한 버팀목이십니다. 홀로 소신 발언을 해주시는 주필님께 감사와 존경을 보냅니다. 항상 건강하시고 평안하시길 바랍니다. 감사합니다.

한국에서는 Second Chance가 용납되지 않나?

조갑제 선생님 안녕하세요. 선생님의 '만우절 같은 한국 언론의 황영웅 대소동'을 보고 실소를 금치 못했습니다. 이번 한국 언론의 황영웅 사태를 보며 한국과 미국 방송의 다른 점을 많이 느꼈습니다. 미국이라면 황영웅의 이야기는 인간 역전의 스토리로, 책으로, 영화로 나올 만하고 방송사에서는 서로 인터뷰를 따려고 경쟁도 심했을 거라 생각합니다.

잘못했으면 어둠의 세계로 빠져 평생 건강한 사회의 일원이 되지 못했을 텐데 자신의 잘못을 바로잡고 인생을 다시 시작한 본보기로 긍정적인 방송이 될 수 있습니다. 언론사 인터뷰를 하며 피해자에게 사과할 기회를 주고 잘못을 반성하게 합니다. 또 어떻게 무슨 계기로 인생 역전을 하게 됐는지 인터뷰를 하며 화합의 기회를 마련해 주기도 합니다. 하다 못해 잔인한 살인자도 인터뷰를 해서 말할 기회를 줍니다. 그 방송을 보고 판단하는 건 우리 시청자의 몫입니다.

이제 일 년도 안 된 신인 가수 황영웅에게 집중된 선동 보도를 보며 선생님께서 말씀하신 언론의 선동적 구조가 존재한다는 것을 느꼈습니다. 선동된 군중 심리는 비정하고 냉혹했으며 누구 하나 제정신이 아니었습니다. 피를 본 짐승 같다고나 할까요.

그가 반성하며 발표한 사과문은 아무도 주의 깊게 읽지 않았고 노래하고 싶은 그에게 노래하지 말라고 위협합니다. 그럼 황영웅은 다시 예전의 세계로 돌아가야 할까요? 그렇다면 지금 교도소에 있는 모든 사람은 교화시킬 필요가 없습니다.

정말 한국 사회에선 Second Chance가 용납이 안 되는지 묻고 싶습니다. 피해자를 대변하며 공익의 목적으로 폭로한다는 명분 아래 모든 언론과 유튜버는 확인이 안 된 사실까지 부풀려 방송했습니다. 일벌백계(一罰百戒)와 사회에 발을 못 붙이게 해야한다는 그들의 주장을 들으며, 그럼 비리 청소년들은 모두 죽어야하냐고 물어봅니다. 가해자와 피해자 모두를 사회와 부모가 바르게 이끌어 주지 못했을 때 이들은 더 깊은 구렁텅이로 빠져 영영헤어나지 못하게 됩니다. 고단한 인생에서 희망이 없다면 이미 죽은 것입니다.

언론이 중심을 잡고 책임을 다해 건강한 여론을 형성해 준다면 사회도 그만큼 밝고 건강해질 것입니다. 타인에 대한 배려를 배우지 못하고 자란 요즘의 기자들이 몸에 익은 경쟁심으로 조회수 잘 나오는 자극적인 기사를 쓰는 건 어쩌면 당연한 일입니다. 어렵다는 언론사 시험을 통과한 기자들은 명함에 새겨진 자신의 이름을 보며 자랑스러움을 느끼는 동시에 무거운 책임도 있다는 걸 알았으면 합니다. 저는 자동차를 운전하며 제가 잘못하면 사람을 죽일 수도 있다는 생각에 늘 긴장합니다. 언론인들과 유튜버들도 말 한마디로 사람을 죽일 수 있다는 생각을 한 번쯤은 해보시길 바랍니다.

민족지의 추억

오늘 아침 선생님의 동아일보 관련 동영상을 보고 몇 자 더 붙입니다. 제가 어려서는 아침엔 조선일보, 저녁엔 동아일보를 구독했습니다. 읽을 거리가 부족했던 시대라 신문 1면, 정치면부터 시작해 마지막 스포츠면까지 열심히 읽었던 기억이 납니다. 어머님의 도움으로 한자도 깨우쳐 가며 읽고 최인호 씨의 소설도 신문에서 먼저 접했습니다. 1월 1일이면 발표되는 신춘문예 글들도 이해하지 못하면서도 읽었습니다. 또한 동아일보 백지 광고 사태 땐 미당 서정주님이 기재한 '가만히 있을 수만은 없어서'란 광고도 기억합니다.

흔히 두 신문을 민족 정론지라 부르는 걸 익히 들어 알고 있습니다. 하지만 선생님의 만우절 편과 오늘 동아일보에 관한 동영상을 보니 오늘의 동아일보는 제가 알고 있는 민족지가 아닌 선배 언론인을 욕 보이는 신문이 되어 있어 참으로 안타깝습니다. 두 민족지인 조선과 동아일보가 어느 순간에 친일파 신문이 되었는지 한국을 떠난 지 오래된 저는 몰랐습니다. 누가 친일파 프레임을 씌워 선동했는지 미루어 짐작할 수는 있습니다. 두 신문의 역사를 인터넷에서 찾아만 봐도 일본에 저항한 사실은 셀 수 없이 많습니다.

동아일보는 1936년 베를린 올림픽 마라톤에서 금메달을 딴 손기정 선수 가슴에 단 일장기를 지워서 보도한 일장기 말살 사건도 있습니다. 이런 역사가 있는 동아일보가 MBC의 왜곡된 멘트를 그대로 받아 적어 보도했습니다. 제발 선배 언론인들이 부끄럽지 않게 우리의 민족지란 자부심을 갖고 조선과 동아일보 기자들만이라도 발로 직접 뛰고 취재해서 공정한 보도를 하길 원합니다.

늘 좋은 말씀 주시는 조갑제 선생님께 감사드립니다.

먹물의 言暴에
눈물의 저항

學暴보다 무서운 言暴

나는 2023년 3월 조갑제닷컴에 이런 기사를 올렸다.

[지난주 imbc는 〈지난달 22일 한 유튜버가 제기한 황영웅의 전과 의혹 폭로는 '불타는 트롯맨'과 시청자들을 발칵 뒤집어놓았다〉면서 〈"황영웅에게 폭행 피해를 당했다"고 주장한 A씨. "황영웅이 주먹질을 했고, 내 얼굴에 발길질을 했다. 황영웅은 친구들을 회유해 쌍방폭행을 주장했고 나를 맞고소했다"고 밝혔다〉고 했다. 이어서 〈빙산의 일각이었다. 물꼬 튼 A씨의 폭로는 걷잡을

수 없는 폭로의 물길을 만들었다. 학폭, 데이트 폭력, 자폐아 괴롭힘 등 과거사 폭로가 쏟아진 것〉이라고 전했다. 〈학폭, 데이트 폭력, 자폐아 괴롭힘 등 과거사 폭로〉라는 문장에서 '폭로'는 사실을 알린다는 뜻이다. 거짓말을 알리는 걸 폭로라고 하진 않는다. 즉 imbc는 황영웅 학폭 주장을 사실로 단정하고 있는 것이다. 따라서 imbc는 황영웅이 학폭, 데이트 폭력, 자폐아 괴롭힘을 했다는 증거를 내어놓든지 이 기사를 취소해야 한다.

현재론 익명의 일방적 주장만 있을 뿐이다. 일방적 주장을 '폭로'라고 하는 것은 완벽한 조작이다. 과장 정도가 아니다. 주장과 사실 사이엔 그랜드 캐니언보다 더 깊은 구덩이가 있다. 주장이 사실이 되려면 입증이 필요하다. 지금 어느 기자도 그런 입증을 시도한 적조차 없다. 일방적 주장을 폭로라고 조작하기 시작하면 국민 1,000만 명 정도는 학폭, 데이트 폭력자로 만들 수 있을 것이다. 학폭을 입증하려면 학교의 조치나 경찰 기록이 있어야 한다. 형사문제나 학칙위반이 아닌 폭력이었다면 심각하지 않다는 이야기가 된다.

따라서 황영웅 관련 학폭 등 주장은 현재로선 사실이 아니라고 봐야 한다. 입증되기 전까진 사실이 아니라고 간주해야 무죄추정 원칙에 따라 억울한 피해를 차단할 수 있는 것이다. 황영웅 학폭이란 주장을 하는 언론은 거액의 손해배상을 각오해야 할 것이다. 이게 바로 언론의 언어폭력, 즉 언폭(言暴)이다.]

나는 이때 처음으로 '언폭'(言暴)을 썼다. 학폭보다 무서운 언어폭력을 줄여서 만든 말이다. 이게 황영웅 팬들의 무기가 되었다. 위의 글을 조갑제TV로 방송했더니 뜨거운 댓글들이 달렸다. 의견 표시의 글이 아니라 자신의 삶을 솔직하게 드러내고 호소하는 글들이 많았다. 먹물의 言暴에 눈물의 저항이 시작된 것이다.

"가장 달콤한 노래는
가장 슬픈 생각에서 나온다"

▶ 저는 이혼한 지 20년이 다 되어 갑니다. 우리 황영웅님의 '빈지게'를 들으니 어린 아들을 남겨 두고 내가 살아 온 시간과, 어린 아들이 엄마 없이 살아 왔을 시간들이 노랫말에 고스란히 녹아 있네요. 가슴 절절히 불러 주는 '빈지게'를 듣고 있으면 아들과 제가 서로 만나서 그동안의 아프고 힘든 삶을 이야기하는 것 같은 착각이 들 정도입니다. 내 아픔과 내 아들의 아프고 고된 삶을 위로 받으니 뜨거운 눈물이 흘러 내립니다. 우리 황영웅님 너무 고맙고 감사드립니다. 제가 우리 황영웅님께 보답해 드릴 수 있는 건 우리 황영웅님의 노래를 들으면서 응원하는 것입니다. 용기 잃지 마시고 많은 팬들의 빽을 믿고 희망을 가슴 가득 품으시길 바랍니다.

▶ 정옥/저도 사별한 지 30년 된 사람으로서, 세 자녀들이 유학, 대학 다 마치고, 낮에는 미용실, 늦은 밤은 알바로 고생했습니다. '불트' 보면서 마음이 위안되고, 지난날을 보상 받는 느낌이었어요. 부디 황영웅을 복귀시켜 주세요.

▶ 가장 달콤하고 아름다운 노래가 가장 슬픈 생각에서 나온다는 말씀이 공감 가네요. 우리네 가정사 들어가 보면 슬픔과 아픔 고통 고민 없는 집 없을 걸요. 태어나서 두 눈 감을 때까지 걱정 고민 없이 사는 사람이 얼마나 될까요. 저도 남편이 둘째아이 돌도 되기 전에 돌아가셨어요. 35년 동안 힘들었던 거 누구에게 말도 못 하고 속으로 삭이고 있는 중에 우리 영웅님의 노래 듣고 보상 받는 느낌이었어요. 어떤 팬분의, 남편 사고 후유증으로 병 수발 40년 해온 삶을 보상 받았다는 말에 깊은 공감을 했네요. 그러니 황영웅님은 그 어떤 심리 치료사보다 나아요. 황영웅님의 마음이 우리 팬들 마음과 같이 힘들겠지만 조갑제 선생님의 말씀으로 황영웅님에게 드리워진 먹구름이 걷히고 조금씩 빛을 비출 겁니다. 암튼 멘털을 다잡으시고 이겨내자구요. 끝까지 열응합니다.

▶ 조 선생님의 글은 이 시대 최고의 억울한 약자를 위한 명 변호이십니다. 영국 시인 셸리의 "The sweetest songs are those of the saddest thought." 생각해 볼수록 기막힌 표현인 것 같습

니다. 저도 장시간 운전하며 생계를 이어가는 직업인데요. 졸음 운전을 어찌할 수 없어서 에너지 드링크도 마셔보고 졸음과 싸워보지만 배호의 노래가 아주 효과적입니다. 슬픈 노래가 주를 이루지만 이상하게도 배호의 노래를 들으면 마음에 힐링을 받고 졸음이 많이 쫓겨나가는 것을 자주 체험하는데요. 오늘 선생님의 말씀을 듣고 나서 해답을 찾은 것 같습니다. 영웅 씨의 노래가 바로 그런 고단한 삶의 힐링 효과를 주는 것 같습니다. 그리고, 선생님의 오늘 영상을 보고 나서 문득 떠오르는 게 있는데요. "영웅 씨의 내면에서 끓어오르는 애절함이 많은 사람에게 동병상련의 감동으로 다가와 희망과 기쁨을 주고 있다"는 댓글이 넘넘 피부에 와 닿습니다. 황영웅 군이 맘껏 노래할 수 있도록 힘껏 응원을 보냅니다. 조갑제 선생님의 글에 또한 깊은 감사를 드립니다.

살아야 할 이유가 생겼다

▶ 선생님 말씀 고맙습니다. 15년 전에 먼저 남편을 하늘나라로 보내 항상 가슴속에는 미안함이 가득합니다. 잘해 주지 못해, 잡아주지 못해 우리 영웅님 노래 속에서 "여보 미안해요"가 저의 마음을 알아주어 너무 감사합니다. 하루 빨리 영웅님 노래 듣고 싶어요.

▶ 복심/가수는 노래하는 사람이다. 가수가 노래를 하지 못하면 죽은 거나 마찬가지다.

노래로 대중들에게 힐링을 주고 힐링을 받고 대중들이 그 어떠한 이유로도 치유가 된다는데 대중은 좋은 노래를 들을 권리가 있고 가수는 좋은 노래를 대중들에게 들려줘야 할 의무가 있다.

좋은 게 좋은 것이다. 피해자는 가해자를 용서하고 가해자는 피해자에게 용서를 빌어야 죄라는 굴레에서 벗어나 마음이 편안해진다.

서로가 아는 지인들끼리 일어난 과거의 사건들이다. 세월이 약이라는데 왜 다시 지난날의 사건을 끄집어내서 서로 어두컴컴한 길로 가려고 하나.

신은 우리 인간에게 망각이라는 단어를 선물로 주셨다. 인생을 살아가는 데 망각이라는 단어가 없었다면 칠 팔십을 어떻게 살아갈까. 피해자는 바다 같은 마음으로 가해자를 용서하고 용서하면 모든 것이 해결된다. 가해자에게는 타고난 재능을 평생 노래로 용서를 받을 수 있게 해주신다면 하늘에서 두 분께 앞으로의 인생 길에 탄탄대로로 가게 해주시지 않을까. 증오는 더 큰 증오를 낳고 사랑은 더 큰 사랑을 낳는다. 인간은 꿈을 먹고 살아간다. 두 분 모두 서로 용서하고 사랑해서 행복한 인생을 살아가시기를 간절히 바란다.

▶ 선생님 감사합니다. 황영웅님 덕분에 살아야 할 이유가 생겼습니다. 20년 넘게 혼자 두 아들을 키우면서 죽을 만큼 힘들었습니다. 코로나로 너무 힘들어 어떻게 하면 조용히 세상을 떠날 수 있을까 하면서 우울증에 너무 힘들었습니다. 아들 생각하면서 정신줄 안 놓으려고 많이 노력하던 중에 황영웅님 노래에 심장이 아팠습니다. 노래하는 호소력, 가사 하나하나가 저의 삶이었습니다. 큰아들이 싸우면서 앞니 두 개가 부러지는 일도 있었죠. 작은아들은 예고 나와 중대 졸업하고, 생각해 보니 저에게 감사한 일 너무 많았어요. 황영웅님 덕분에 나의 과거와 현재를 생각하면서 반성도 했습니다. 영웅님 덕분에 나를 사랑하면서 건강하게 살고 싶어졌습니다. 영웅님 보고싶어요. 서두르지 마시고 천천히 정리되시길 기도합니다. 좋은 목소리 감사해요, 행복해요 사랑합니다, 항상 응원합니다.

황영웅의 애절함이
우리의 희망이요 기쁨입니다.

▶ 문자/황영웅 가수 사태에 안타까움을 어찌할 줄 모르고 실망 실망을 거듭하던 차 선생님의 말씀은 제 안타까움과 답답함, 화가 치밀어 오름을 대변해 주심에 감사드립니다.

우리 주위의 웬만한 가정은 현업에 종사하는 가정·사람이 많습니다. 이러한 사람들은 화이트 칼라가 아니라서 어떠한 일이 있을 때 언폭 대상이 되어야 합니까? 황영웅이 지금 이러한 힘없는 지극히 평범한 사람 가정이라 그런가요? 권력형 집안, 소위 말하는 돈 많고 권력을 가진 아들이었어도 이렇게 때릴까요?

참 해도 해도 너무하고 야비하다는 생각까지 듭니다. 언뜻 듣기로 하자면 폭력, 폭력 하니까 황영웅이 중죄인이 되어 있고, 재능 있고 우리에게 힐링이 되어주고 행복함을 안겨주던 황영웅을 나락으로 몰아붙인 일부 유튜버들, 언론들 속이 시원합니까? 이 넓은 세상에 비하면 우리는 너무나 작디 작은 인간일 뿐입니다.

그런데 이 작은 인간 한 명을 마녀사냥을 해서 이 작은 인간이 넓은 세상을 향해 모든 사람들에게 아름다운 목소리로 희망을 전달하는 것조차 막습니까?

하루 2시간여 출퇴근길 운전하며 듣는 황영웅 노래는 가슴 깊이 내면에서 끓어오르는 애절함은 우리의 희망이요 기쁨입니다. 부디 잠시 마음 한 구석으로 밀쳐 놓았던 선한 마음을 열어 황영웅을 다시 볼 수 있도록 많은 사람들이 함께하기를 기원합니다. 감사합니다.

▶ sh/어젯밤 황영웅님 노래를 들으면서 잠에 들었습니다. 엄마가 불러주시는 자장가처럼 부드러운 목소리에 취해 언제 잠이 들

었는지 모를 정도로요. 온 세상의 꿀을 다 모아 놔도 가수님의 부드럽고 달콤한 목소리는 못 따라 올 거 같네요.

이번 일을 겪으며 남편한테 제 생각을 얘기하면 저와는 생각이 조금 달라 속상할 때도 있었는데 선생님의 구구절절 옳으신 말씀을 듣다 보니 며칠간 답답했던 속이 치유되는 거 같습니다. 우리 가수님도 팬들의 응원에 치유돼서 좋은 모습으로 뵙는 날이 빨리 왔으면 합니다. 선생님 고맙습니다!

민들레 모임,
싸우는 황영웅 팬들

행동에 나서다

황영웅 팬들이 다른 연예인 팬들과 크게 다른 점은 이들이 언론폭력과 싸우는 행동파라는 점이다. 가수가 잘 나갈 때 팬이 된 것이 아니다. 그가 나락으로 떨어졌을 때 그를 감싸고 다시 일으켜 세우기 위하여 들고 일어난 이들이었다. 댓글을 쓰고, 항의전화를 하고, 주변을 설득하고, 모이고, 음원(音源)시장에 들어가 조회수를 늘리는 등 여론형성에 참여한 투사들이었다. 일당백이라고 할까. 4월에 접어들면 황영웅 문제로 다른 사람들과 다툰다는 이야기가 많아진다.

▶ 수이/전직 대학교수님이 함께한 모임에서 가슴 답답한 심정으로 돌아왔습니다. 황영웅님 못 나오게 해야 한다고… 교육자란 분이 모범생들만 가르치겠다는 저런 시각으로 애들을 봤다니 교육이 그런 겁니까? 공부 못 하고 방황하는 애들도 잘 끌고 가야 할 교육자가….

황영웅님 음악 듣고도 아무 감동 못 느끼는 사람을 이해 못 합니다. 그 교수란 분 80이 되어도 유연성 없는 꼰대 근성에 다시는 안 보고 싶어지네요. 저도 우리 황영웅님 사랑하다 보니 옹졸해집니다. 어서 빨리 그의 많은 노래 듣고 싶을 뿐입니다. 마르고 초췌하고 파리한 모습으로 노래하던 그 모습에 깊은 연민도 느끼고 그의 고통도 느끼고 아파요.

이제 황영웅님의 예쁜 미소를 봐야 내가 살 것 같습니다. 이 시간들 중 저에게도 많은 위로가 되어주신 조쌤 진정 감사드립니다. 내 아픔을 알아주는 사람이 있어 치유되니까요.

▶ 선생님, 저는 오래된 선생님 팬입니다. 건강해 보이시니 반갑습니다. 저는 60대 후반 평범한 할머니입니다. 하차한다는 그 무대 이후로 티비를 보지 않게 됩디다. 그 안절부절못하던 모습을 보면서 내 새끼라면 무대로 뛰어가서 확 데리고 나오고 싶더라고요. 어제 시골장에 가니 황영웅님 노래가 힘있게 흘러 나오더군. 몸을 살랑거리면서 듣고 박수를 치고 기뻐했답니다. 일행 중에 우

리 가수님 흠집 내려는 사람 입을 쉿 하면서 막았답니다. 자식 키우는 사람이 막말 하면 안 된다고. 어느 어른이 그럽디다. 노래 좋아하고 꽃 좋아하는 사람 치고 나쁜 사람 없다고 하더이다.

▶ 선생님 안녕하세요. 저는 부산에서 30년 넘게 살고 있는데 죄송하지만 선생님을 몰랐습니다. 황영웅 가수 때문에 유튜브 보다가 선생님을 알게 되었는데 요즘 내 인생에서 처음 하는 일이 너무 많습니다. 가수한테 이렇게 빠져서 팬카페 가입도 처음이고, 아침에 유튜브 살피는 것도 처음, 일하는 시간 말고 하루종일 노래 반복청취도 처음, 가수의 콘서트에 가보고 싶다는 생각이 든 것도 처음, 가수를 이렇게 절실하게 보고 싶은 것도 처음. 이 모든 것이 영혼을 울리는 천재가수 황영웅 때문입니다.

황영웅 가수는 목에 악기가 있는 것 같아요. 호흡까지도 노래를 해요.

▶ 선생님, 제 나이 칠십 넘어서 황영웅 가수를 저의 '가슴으로 낳은 아들'로 만들었습니다. 30여 년 전에 하늘나라에 보낸 아들과 같이 보조개와 얼굴 모습이 닮은 사람이 "인생아 고마웠다" 노래를 부르는 걸 보고 그동안 아프고 허전했던 마음에 큰 위로가 되었습니다. 그런데 갑자기 하차 소식에 너무 가슴이 아파서 우울했어요. 요즘은 하루종일 황영웅 가수 노래 듣고 있는데 눈물

만 납니다. 가슴으로 낳은 아들 황영웅 가수를 살려야 한다는 사명감으로 팬카페 가입도 하고 좋은 소식 없나 여기저기 헤며 찾아 댓글도 달아보지만 가슴이 답답하고 아려옵니다.

민들레는 바위 틈에서도 싹을 틔운다

▶ 남희/조갑제 선생님, 정의의 편에 서 주셔서 감사합니다. 지난번 선생님께서 제 글, "민들레는 바위틈에 꽂혀서라도 싹을 틔운다"는 글을 읽어주셔서 친정 식구들 1남7여 단톡방에 올렸더니 남동생이 슬며시 제 카톡에 다른 사람들한테는 올리지 말라고, 누나를 이상하게 본다고, 황영웅은 학폭이라고 실화탐사대에 나왔기 때문에 재기불능이라고 하길래 대꾸도 하지 않았습니다.

딸만 셋 있는 남동생은 아들 키우는 사람들의 심정을 잘 모르는 듯했습니다. 아들들은 친구와 놀다가 다투기도 하고 다쳐서 오기도 합니다. 제 아들이 친구와 놀다가 친구가 밀어서 귀밑 7센티미터가 찢어져 10바늘이 넘게 꿰매고 왔어도 그 부모님이 돈 봉투를 내밀었어도 자식 키우는 사람이 그러면 안 된다고 되돌려 보내고 치료도 저희가 했습니다. 때렸든 맞았든 간에 자식 키우는 사람은 현명하게 처신해야 된다고 생각합니다.

황영웅의 내면은 들여다 보지 아니하고 거짓뉴스의 언폭에 더이상 희생양이 되어서는 아니 되기에 가슴으로 낳은 엄마들이 들고 일어선 것입니다. 황영웅이 잘했다고 하는 게 아니고 6억여 원의 상금을 포기하고 1등이 눈앞에 있는데도 하차했으면 그의 죗값은 차고 넘치게 치렀습니다. 사회와 격리시킬 만큼 중한 죄가 아니기에 전국의 엄마들이 분노하는 것입니다. 우리 법에도 눈물이 있어서 지은 죄에 대해 죗값을 치렀으면 더 이상 그 죄를 묻지 아니한다는 일사부재리의 원칙이 있습니다. 황영웅이 공장 다닌 것은 본인 먹고 살려고 일한 것이라며 악플을 다는 사람들 왜 이렇게 꼬였을까요? 그 사람들한테 조갑제 선생님 방송을 들어보라고 했더니 선생님한테 가스라이팅 당하고 있다고 하네요. 국민들이 똘똘 뭉쳐도 시원찮을 판에 수박 겉만 보고 평가할까요? 대통령님이 나서서 영웅님과 노래하면 잠잠해지려나요? 답답합니다.

▶ 선생님! 고생하십니다. 댓글 읽어주시는 선생님 말씀에 황영웅 가수 노래만큼이나 위로를 받고 있어요. 저는 참고로 평생을 누구한테 눈치라는 걸 봤던 기억이 없습니다.

이 문제는 조심스럽고 자녀들한테도 눈치를 보면서 노래도 듣고 댓글도 달고 한마디로 기가 막힌 쫄보가 됐어요. 요즘 자녀들 때문에 속상하다는 그 좌편향 이슈도 저는 완전히 평정했는데(참고로 자녀가 남들의 3배) 많으니까 떼로 공격을 합니다. 지금도 뭐가 이렇게 억울한지 눈물 콧물 범벅이 되어 글을 쓰네요.

선생님, 정말 너무너무 억울해요. 팔순을 바라보며 달려가는 나이에 자식보다 나보다 더 사랑할 수밖에 없는 지극히 소중한 존재를 만났는데 두려울 것도 없고 포기도 안 합니다. 미쳤다고들 하지만 어느 때보다도 정상적으로 열정을 태우고 있습니다. 팬카페에도 누구 도움 없이 어찌어찌 가입해서 회원수 늘어나는 거 하루에 서른 번 이상 확인해요. 그러니 미쳤다고 하겠죠? 노래는 거의 밤새워 듣고 잠은 낮에 좀 자고. 엉망이지만 지금 최고로 행복해요.

"저는 초등학생입니다.
할머니가 울지 않도록 도와주세요"

▶ S/할아버지, 저는 초등학생입니다. 요즘 우리 할머니께서 매일 혼자 집에 계시면서 황영웅 삼촌 노래를 듣고 있습니다. 학교 마치고 집에 오면 할머니께서 눈물 흘리는 모습이 불쌍합니다. 황영웅 삼촌을 너무 보고 싶어 합니다. 다음 달에 할머니 70세 생신 선물로 할머니가 보고 싶은 영웅님 삼촌을 볼 수 있게 하고 싶습니다. 우리 할머니 울지 않도록 도와주세요. 저도 할머니 따라 영웅님 삼촌 노래 많이 듣고 따라 부르고 합니다. 삼촌 노래 진짜 잘 불러요. 감사합니다.

▶ 조갑제 선생님 안녕하셔요. 항상 방송 보면서 감사하고 존경합니다. 황영웅 가수의 하차 이후 너무도 마음이 아파 노래 들으면 나도 모르게 눈물이 나더군요. 한 번은 아들네 식구들이 집에 와서 밥을 먹는데 마침 티비에 트로트 가수들 노래 소리에 제가 "황영웅 가수 노래 너무 잘하제, 나는 팬이다" 하니, 며느리가 대뜸 "어머니 학폭 가수 절대 노래하면 안 돼요" 하길래, "학폭은 아니란다" 하면서도 속이 상해 요즈음 며느리한테 전화도 하기 싫고 울적해요. 팬카페도 가입하고 오롯이 영웅 가수 좋은 소식만 기다리는 70 나이에, 울적한 나날만 보냅니다. 선생님 어쩌면 좋아요. 학폭 프레임 벗어날 수는 없을까요. 선생님 하도 답답해서 하소연해 봅니다.

▶ 은숙/이젠 독보적인 황영웅 노래를 크게 틀고 다닙니다. 운전할 때도 일부러 창문을 열어 놓고, 일할 때에도 손님 들으라고, 누가 뭐라든 좋은 걸 어떡합니까? 노래 부를 때의 진중함, 음절 음절 숨소리마저 너무 매력 있고 노래에 대한 세세한 해석력과 진정성이 느껴집니다. 민들레 팬들이 있는 한 황영웅은 건재한다는 것을 명심하길!!!

▶ 저의 어머니 88세이신데 엄청 팬이십니다. 매일매일 내 죽기 전에 황영웅이 복귀해야 한다며 슬퍼하십니다. 옆에서 지켜보는

저는 안타깝습니다. 여기는 공산국가 아니니 저의 어머니 생전 소원 좀 들어주세요.

▶ 금자/선생님 정말 감사 드립니다. 저는 지인들과 눈만 마주치면 황영웅 가수님 칭찬과 자랑하기에 바쁘다 보니 혹시 황영웅 엄마냐 아니면 이모냐고 놀리기도 하지만 그 순간 만큼은 기분 좋으며 행복합니다. 황영웅 가수는 분명 이 나라에 아니 세계적으로 꼭 빛날 가수라 생각합니다. 이런 가수를 노래도 못 하게 하고 영웅님을 기다리는 대중들을 무시하는 언론, 악질 유튜버들 정말 용서가 안 되네요.

학폭이 아니라고 친구와 싸우고

▶ 며칠 전 수술 후 3개월 만에 모임에 갔는데 옆 친구들한테 병원에 있다가 퇴원해서 황영웅 노래에 반해서 심심치 않다하니 두 친구가 학폭한 그런 사람은 영원히 매장시켜야 한다며 열을 올려서 싸울 뻔했어요. 어찌나 속이 상했던지 요즘 어딜 가나 조심한답니다.

▶ 저는 황영웅님 팬카페에 처음으로 가입했어요. 그저께 울산

언니네 갈 일 있어서 우정시장 횟집으로 가는 길에 노전을 지나는 데 노전 할머니 한 분이 채소를 팔면서 황영웅님 노래를 크게 틀어놓고 있었어요. 얼마나 반갑던지요. 가던 길 멈추고 나도 몰래 듣고 있더라고요. 딸아이에게 부탁해서 승용차에 타면 영웅님 노래 나오게 해뒀어요. 계속 들어도 자꾸만 듣고 싶어져요.

▶ 저도 갱년기 겪고 있는 중년 여성인데 가수님 노래로 위로 받고 카페 가입도 하고 카페 드나들며 설레기도 하고 눈물을 실컷 흘리기도 하면서 갱년기 우울증이 싹 사라졌습니다. 선생님 방송 빠짐없이 보고 또 보고 선생님 대변하시는 말씀에 가슴이 뻥 뚫리고 공감하는 댓글로 하루 하루 편히 가수님을 기다리게 됐답니다.

▶ 운중/선생님 감사합니다. 선생님, 제가 30년 친한 친구에게 영웅님 팬카페에 들었다고 하니깐, 그 친구가 학폭이라고 하면서 자기는 싫다고 해서 그 친구하고 요즘은 통화도 잘 안 합니다. 언론 때문에 좋아하는 가수를 대놓고 말도 못 해요. 참 속상해요.

너무나
처절한 사연들

독립군 대장

수술을 받고 회복 중인 사람들이나 시한부 인생을 선고 받은 이들에게 황영웅 노래는 삶과 죽음의 문제였다. 2023년 4월에 들어서면 이들의 처절한 하소연이 많이 등장한다. 4월 중순의 조갑제TV 동영상 댓글이 특히 그러하였다.

▶ 선생님 고맙습니다. 저는 댓글을 잘 올리지 않는 편인데 글을 안 올릴 수 없게 되었습니다. 여러분들이 올린 글들을 듣고 있으려니 가슴이 뜨거워집니다. 모든 사연들이 저의 마음과 같음을

공감합니다. 선생님과 함께하는 이 시간이 저에게는 정말 행복합니다. 저와 같은 마음으로 우리 황영웅님을 응원하는 많은 분들과 마음을 나눌 수 있는 공간이기 때문이라서요. 선생님 그리고 우리 영웅님을 응원하는 여러분 오늘 하루도 행복하시고 기쁜 일 가득하시길 소망합니다.

▶ 대권/별 생각 안 하고 지냈는데 모든 주파수들이 황영웅을 공격하는 것 보고 이건 뭔가 하고 여러 가지 데이터들을 보게 됐는데 마치 정치판의 보수와 진보의 대결 구도라서 처음엔 흥미를 느끼다가 점점 젊은 한 청년의 가여움과 슬픔에 나라도 이 청년의 편에 서야 되겠다는 생각이 들었다. 왜 나쁜 쪽에 있던 사람이, 어둠 속에 있던 사람이 밝은 쪽으로 나오면 안 되는지, 선한 일을 하면 안 되는지 이유를 모르겠다. 이제 전 세계가 아니 전 우주가 황영웅을 어둠 속으로 밀어넣더라도 나는 그를 끌어 안고 영원히 응원하겠다.

▶ 존경하는 조갑제 선생님! Best of best reporter이십니다. 53년의 투철한 기자정신과 냉철하신 혜안으로, 천재가수 황영웅님이 처한 억울함을 올곧게 판단하시고, 악의 무리로부터 구조해주시고자, 때로는 젠틀하게, 때로는 위엄 있게, 때로는 통쾌하게 항변해 주셔서 팬의 일원으로서 존경과 경의를 표합니다. 그리고,

우리 가수님께 드리워진 온갖 거짓과 모략의 굴레로부터 영광스런 탈출을 시키기 위해, 선생님의 위대하신 가르침을 믿고, 불철주야 파이팅하시는 모든 팬분들께도 진심으로 감사드립니다. 선생님과 여러분들의 진정어린 응원과 활약상이 마치, 위대하신 독립투사들을 연상케 합니다.

무엇을 직시하고, 무엇을 몸소 실천해야 하는지 바른 가르침을 주시는 선생님은 위대하신 독립군 대장이시고, 그 가르침을 믿고 씩씩하게, 용감하게 파이팅하시는 팬분들은 자랑스런 독립투사들 같다는 생각에 가슴이 뭉클해집니다. 우리 가수님도 많이 힘드시겠지만, 가수님의 영광스런 복귀를 위해, 수많은 분들이 힘쓰고 계시는 사실을 아신다면, 반드시 힘내실 것 같습니다.

세기에 혜성처럼 등장한 천재가수 황영웅님의 위대한 탄생을 억지로 막으려는 검은 그림자들의 악행이, 악플러들까지 대동해서 그 흔적조차 지우려 했지만 왜 실패할 수밖에 없었는지를 어리석은 그들은 앞으로도 계속 깨닫지 못할 것입니다.

거룩하신 하나님께서 때가 되어 우리에게 보내주셨기 때문에 그의 등장을 방해하고 막는 악의 무리들 또한 사람을 통해서 물리쳐 주시기 위해 독립투사들을 결집케 하신 것 같다는 생각이 듭니다.

▶ 선생님, 용감하신 당신의 지성과 감성에 존경을 드립니다.

나는 75세, 이 나이 먹도록 당신 같은 중정(中正)을 가진 지성인을 만난 것에 진정으로 행복합니다. 1950년 6·25 때 광주천변에 세 살 아들과 뱃속에 셋째를 안고 나는 감당 못 하겠으니까 그냥 두고 방공호로 피하신 어머니는 이미 안 계십니다. 피격이 끝나고 나와 보니 나는 혼자 울고 살아 있었답니다. '너는 인생이 질긴 여자'라며 항상 따로 생각한 부모가 원망스러웠지만 이제 와서 우리들의 가슴을 쓰다듬어 주는 이 가수의 치유를 어찌 멈추라는 겁니까? 나는 아무리 이성을 추슬러도 이 가수의 감성을 뇌리에서 내보낼 수 없군요. 우리가 이 나이 먹도록 얼마나 다리 뻗고 쉰 날이 있었나요? 평생 처음으로 찾아온 천재의 등장은 우리들에게 운명이고 감사와 희열입니다. 인생이 흑백논리로 나눌 수 있는 것이 얼마나 있나요? 우리는 날마다 생각하며 수정하며 삽니다.

'백년의 약속'이 발표되던 날 길에서 이걸 듣는데 심장이 멈추는 듯 나도 모르게 가던 길 멈추고 서서 끝까지 들었지요. 누군가는 나를 미쳤다고 했을 겁니다. 아니죠. 나는 내 감성에 충실한 겁니다. "아가! 괜찮다. 생각대로 꿈을 펼쳐라"라고 날마다 기도합니다.

비참한 선택을 할까 봐 신께 기도

▶ L/천재가수 황영웅이 좌절하여 비참한 선택을 할까 봐

神께 눈물로 기도했다. 억울한 황영웅에게 건강하고 안정된 심신을 주시라고 기원했다. 악질 언론 방송인들이여, 여생 선량하게 사시오. 자식 가족 지인들께 부끄럽지 않소. '공수래공수거'라오. 그만큼 황영웅을 망하게 했으면 이제 악플 내리고 자숙하십시오.

▶ 정말 정말 감사합니다. 저는 2021년 4월에 폐암 수술 받고 우울증에 시달리던 중 빛과 같이 나타난 황영웅님의 노래를 들으며 위로받고 치유되고 있는데 날벼락 같은 하차라는 말에 심장이 멎어버렸습니다. 황영웅님을 보지 못한다는 생각을 하면 그냥 삶의 의미도 없고 우울증에 죽고 싶은 심정입니다. 제발 황영웅을 팬들에게 돌려보내 주세요.

▶ 영웅님 영웅된 것 축하합니다. 왜냐구요? 한 사람의 비난으로는 감당하기 어려운 큰 인물이라 언론이 혼자 때리면 죽지 않을 것 같고 같이 때려야 죽을 것 같은 인물이라 같이 힘을 모아 때리는군요. 야당대표, 국회의원, 교육감 전과자는, 황영웅에 비하면 존재감도 없고 잽도 안 되어 버려두고 영웅님만 때리는 것 보면 우리들의 영웅입니다.

▶ 맨/학폭도 안 되고 도둑질, 강도질, 사람 생매장도 안 됩니다. 학폭은 학교에서 그에 준하는 징계처분이 있어야겠지요. 그런

기다린 날이 왔어요! - 엄마들이 눈물로 지켜낸 가수 황영웅 이야기

것 없이 확정짓는 것도 문제라고 봅니다. 학폭 프레임을 짜기 위해 학교 졸업 후 쌍방폭행을 학폭으로 몰기 위해 뒤지다 안 되니 중학교까지 가서 학생 생활기록부를 뒤져도 없으니 3자의 말을 빌어서 사실인양 확정짓는 것은 문제가 있다고 봅니다. 이런 것은 당사자간의 진술이 꼭 필요한데 일방적인 주장을 사실인 양 확정하는 것은 취재의 기본이 안 되어 있다는 것이죠. 그것이라도 없었으면 초등도 뒤졌을 듯.

▶ 선생님 정말 정말 감사하고 존경합니다. 저는 매일 아침 새벽이면 선생님을 접합니다. 황영웅님의 노래 첫 소절만 들으면 가슴은 이미 미어지고 얼굴은 눈물로 범벅이 됩니다. 내가 왜 이렇게 되어 버렸는지 지금도 선생님을 접하면서 하염없이 흐르는 눈물을 주체하지 못하고 있습니다.

암수술 받고 심한 우울증으로 힘든 나날을 보낼 때 구세주처럼 나타난 황영웅님의 노래로 우울증을 치유하며 그 예쁜 모습을 보며 하루하루 그를 보는 희망으로 살아가다가 어느 날 갑자기 그 어느 잔인한 유튜버의 무분별한 폭로에 견디지 못하고 하차한 황영웅님을 생각하면 가슴이 아리다 못해 찢어집니다. 너무도 간절히 보고싶어요.

저는 70대 중반으로 유튜브가 뭔지 댓글이 뭔지도 모르고 살다 황영웅이란 무명가수로 인해 이 모든 것을 알게 되고 댓글도 난생 처음으로 쓰게 됐습니다. 제가 바라는 것이 있다면 얼마 남지 않은 생을 죽는 날까지 우리 영웅님 노래로 희망과 위로 받으며 살다 가는 게 소원입니다.

살고 싶습니다.
죽는 그날까지 가수님 노래 듣고

▶ 수이/인생의 쓴맛을 느끼고 죽음을 가까이 둔 나이 든 사람으로서 황영웅님 노래가 평안을 주기에 갈구하는데 그게 그리도 어려운 일이라니… 다시 인생이 괴로워집니다. 하루 빨리 나와야 해결됩니다. 엄마를 찾아다니는 아기 심정 맞아요. 빨리 돌아와주세요.

▶ 선생님 오늘도 너무 감사합니다. 눈 뜨면 선생님 영상 듣고 황영웅 가수 노래 들으면서 살아가고 있습니다.
40대 초반의 난소암 4기로 17년 동안 싸우다가 지금은 골다공증으로 **뼈**가 부서지고 죽을 날만 기다리던 차 황영웅님의 노래 듣고 아픔을 잊고 삶이 바뀌었습니다. 들을수록 빠져드는 마력? 살고 싶습니다. 죽는 그날까지 가수님 노래 듣고… 선생님 건승하십시오.

▶ 혜주/선생님 안녕하세요. 조 선생님 방송에 댓글 주시는 분들의 사연은 하나같이 제 심정과 너무 똑같아 매일 놀라울 뿐입니다. 독립투사들이라는 표현, 자식보다도 더 걱정되는 아픈 손가락이라는 표현. 눈을 뜨면 선생님 방송과 영웅 군 노래로 아침을 시작한다는 표현. 어떠한 위기가 있어도 영웅 군을 끝까지 지켜주겠다는 우리 엄마들의 저력과 굳은 사명감 등. 마치 쌍둥이같이 닮아 있는 심정으로 이곳에 계신 엄마들의 결집이야말로 어찌 위대하다 하지 않을 수 있겠어요. 조 선생님의 소신 있는 정의로움과 우리 엄마들의 진실한 열정이 끝까지 함께할 때 영웅 군은 더 이상 외롭지 않을 것 같아요. 머지 않아 우리 팬들 앞에 빛을 발하며 짠~하고 나타나 주리라 믿어봅니다. 선생님 항상 감사합니다.

▶ "살고 싶습니다"라고 하시는 분을 위해 기도하겠습니다. 이분들의 처절한 사연을 들으신 분들, 비난 그만하시고 영웅님 응원해 주세요. 그의 노래 들어보셨죠. 그의 목소리는 악한 사람의 목소리가 전혀 아닙니다. 세상 착합니다. 언론과 특별히 MBC가 확인사살까지 하니 그에게 부정적인 말을 할 때 아님을 설명해야 하고 그들의 마음이 굳어 있는 것을 볼 때 너무 화가 납니다.

오늘 선생님 말씀처럼 젊었을 때 잘못은 덮고도 남음이 있는데 사람들이 몰라줍니다. 선생님께서 방송하지 않으셨다면 영웅님은 영원히 잊혀졌을 것이라는 생각도 해봅니다.

풍성한 중저음이 치유력의 비밀인 듯

▶ 존경하는 선생님, 고귀한 말씀으로 저희들 마음을 위로해 주심을 진심으로 감사드립니다. 황영웅님의 노래로 황영웅님의 지난 영상을 찾아보면서 하루 일과를 시작하고 끝맺습니다. 일상이 되어버렸어요. 황영웅님의 노래를 들으면 들을수록 더 듣고 싶고, 듣고 나면 그 여운이 메아리로 되돌아와서 잔잔하게 잠재워 줍니다. 그만큼 황영웅님의 노래는 우리들의 일상에서 없어서는 안 될 위로며 만병통치 약이라 해도 과한 말이 아닙니다.

누구는 이렇게 말합니다. 이 땅에 가수는 황영웅 말고도 수없이 많다고요. 하지만 저의 소견은 그분들과 같을 수 없네요. 그분들의 말대로 가수는 수없이 많지요. 하지만 가수라고 다 똑 같습니까. 황영웅님의 노래를 듣고 보면 이전 가수님들의 노래와는 완전히 다른 감정으로 다가와서 잔잔한 마음을 흔들어 설레게 하며 깊은 울림과 감동을 줍니다.

▶ 맹기 신/황영웅 노래 듣고 병을 고쳤다는 사람이 많아 비결을 나름 분석하니 사람의 마음이 가장 편안한 소리가 부드러운 중저음 음역인데, 태어날 때 풍성하고 부드러운 중저음 목소리를 가진 것이 가수로서 최대 장점임. 황영웅 1년 전 노래는 자신의 무기 중저음을 지금처럼 완벽하게 살리지 못했고 감정 기법이 좀 부족

했는데 그동안 부족한 것을 연구 개발 보강하고 완벽하게 노래하여 영혼을 울림.

▶ 은진/선생님 오늘도 옳으신 말씀과 귀한 글 소개해 주셔서 감사합니다. 의사도 정부도 할 수 없는 참으로 소중한 일을 황영웅 가수가 하고 있음은 정말 분명한데, 이 절규의 소리를 듣지 못하고 보지 못하고 아직도 반성하지 못하는 저 악한 자들은 인간일까요? 부디 생명의 주관자 되시는 하나님 저들에게 벌을 주시옵소서. 그리고 황영웅 가수에게 노래할 수 있는 상을 주세요. 황영웅님은 이 간절한 사연과 응원에 힘입어 용기 내시고 속히 나와야 할 정말로 큰 사명이 주어진 것입니다.

신비한 치유력

"실컷 울고 나면 속이 시원합니다"

댓글 편지를 통하여 확인되는, 황영웅 노래가 가진 선한 영향력과 신비한 치유력은 의학적인 연구 대상이란 생각마저 들었다.

▶ 선생님 또 반가움 전합니다. 오늘도 하루가 거의 다 마무리 되어가는 시간입니다. 저는 하루종일 서서 칼질하며 반찬 만드는 일을 하는 사람입니다. 허리도 아프고 다리도 아프고 팔목도 아프지만 우리 영웅님의 노래를 듣고 있으면 아픈 줄도 모르고 일을 합니다. 이것이 무엇이겠습니까.

영웅님은 하늘이 내려준 보석 같은 목소리의 소유자 유능한 가수입니다. 하루 종일 힘든 일을 하고 집에 오면 파 김치가 됩니다. 그래도 천상의 노래를 듣다 보면 힘든 줄을 모른답니다. 그만큼 영웅님의 노래는 우리 서민들의 애환을 달래주고 감동을 주는 노래이기 때문입니다. "인생아 고마웠다" 노래는 너무 감동입니다. 알아 준다는 것은 장점도 단점도 아픔도 괴로움도 알아 주는 것이라는 말씀 많이 배웁니다.

▶ 나는 평소 기성 가수들이 부르는 대중 가요라면 그다지 관심을 두지 않았었는데 유력한 1등 후보로 지목 받던 한 젊은 청년이 느닷없이 구설수에 휘말려 하차할 수밖에 없었던 사실에 대하여 애석한 마음을 금할 수 없다. 그가 강도 짓을 해온 것도 아니고 흔히 비행 청소년들이 저지르는 집단 성폭행 같은 문제에 연루되지 않은 것들만으로도 봐서 추잡한 파렴치한이 아닌 것이 분명하다. 단지 욱하는 성미가 문제의 주된 쟁점들을 만든 것 같아 보인다.

그를 사윗감으로 고르려는 것도 아니요 단지 그의 노래를 듣고 싶다 하지 않는가. 설사 그들이 주장해 온 말들이 사실일지라도 세상에 용서 받지 못할 죄가 어디 있는가. 간음하다 현장에서 잡힌 어느 여자가 성난 군중들로부터 돌을 맞고 죽임을 당할 위기에 처해 있을 때 예수께서 "죄 없는 자가 저 여자를 먼저 돌로 치라"

고 하셨다. 그때 그 말을 전해 들은 군중들은 하나 둘씩 돌을 버리고 그 자리를 떠나갔다고 한다.

국가의 존망에 위해를 줄 수도 있는 국가 공무원을 뽑는 자리도 아니건만 단순히 노래를 불러 대중들에게 즐거움을 선사하는 젊은 가수 지망생에게 그토록 엄중한 잣대로 지난 과거의 흠결을 부풀려 한 젊은이의 싹을 그토록 잔혹하게 구둣발로 짓뭉개듯 짓밟고 비벼 뭉개야만 했을까. 승리를 코앞에 둔 시점에 모든 것을 포기하고 자진 하차할 수밖에 없었던 그의 참담한 심정을 생각하니 너무도 마음이 아프다.

"나의 마지막 순간,
　그의 노래 들으며 떠나고 싶다"

▶ 우리 남편은 직장에서 받은 스트레스, 일상에서 여러 가지 복잡한 일이 있을 때 황영웅씨 노래를 들으면 마음이 편안함을 느낀다고 합니다. 물론 저도 많이 좋아하지만 남편이 더 좋아해요.

▶ 맞아요. 저도 사연을 많이 안고 살아가는 인생이라 그런지 영웅님 노래 듣고 실컷 울고 나서 다시금 일터로 향하고 있지요.

기다린 날이 왔어요! - 엄마들이 눈물로 지켜낸 가수 황영웅 이야기

혼자서 노래 들으며 울고 나면 왜 속이 시원한지 모르겠네요. 이러니 어찌 황영웅님을 사랑하지 않을 수 있을까요.

▶ 나이가 70에 이르고 몸이 여기저기 조금씩 아파 오고, 주위에 하나 둘 사람들이 떠나는 걸 보니 저도 마음이 많이 울적하고 인생에 대해 많이 생각하게 됩니다. 그런데 요즘 황영웅님의 "인생아 고마웠다"를 듣고 마음이 울컥하며 내 삶이 정리되는 느낌이었습니다.

나의 마지막 순간에 이 노래를 들으며 떠나면 행복한 마음으로 하늘나라로 갈 수 있겠다는 생각으로 지금 이 모든 순간이 다 편안하고 행복합니다. 우리 황영웅님, 당신의 노래는 나의 삶에 축복입니다. 다시 좋은 노래 많이 해주세요.

▶ 저는 66세입니다. 코로나 후유증으로 우울감이 심각했는데 '불타는 트롯맨' 보는 중에 황영웅님이 '미운 사랑'을 부를 때 "정말 노래 잘하네"라고 했습니다. 그 뒤로 매주 화요일을 기다리는 기대와 황영웅 노래에 빠져 있다 보니 어느새 나도 모르게 우울증이 사라졌습니다. 제 동생도 갱년기로 힘들었을 때 황영웅님 노래 들으면 위안이 됐다고 하더라고요. 하차한다는 소식에 마음이 무너지는 것 같더군요.

"이 사회에 꼭 필요한 사람"

▶ 이번에 황영웅 가수님 사태를 보고 또 선생님 방송을 듣고 많은 것을 배우고 깨우칩니다 거짓말과 싸우신다는 말씀에 큰 존경심이 생깁니다.

저는 '불타는 트롯맨' 방송을 한 번도 안 보고 있다가 (TV 시청 안 함) 이번 사태로 영웅님의 노래를 듣게 되었는데 '안 볼 때 없을 때'와 '사모'를 듣는 순간 눈물이 흘렀어요. 지금껏 못 들어 본 신비스럽고 마음을 울리는 음성에 하루에 스무 번도 더 듣게 되었고, 앞으로 더 듣게 된다면 백 번도 넘게 들을 것 같습니다. 영웅님이 결승전에서 하차하고, 1등을 하신 다른 가수의 노래를 들어보니 잘 부르시긴 하는데 반복해서 듣고 싶지는 않았어요.

저는 여러 의혹을 들으면서 믿지 않았고, 나중에는 결국 밝혀질 것이라고 생각하면서 노래만 들었답니다.

▶ 승애/마녀사냥은 곧 전체주의 사상의 결과물입니다. 우리나라는 자유 대한민국입니다. 친구와 싸워서 벌금 냈다고 가수 못하게 하는 나라는 북한에서나 있을 법한 일입니다.

▶ W/노래 잘하는 사람 뽑으려고 점 찍었지 성자(聖者)를 뽑으려 했던가. 모든 인간은 다 허물과 죄가 있다고 하나님이 말씀하셨

지요. 다만 뉘우치고 회개하는 자만 하나님께서 죄를 사하셨습니다. 영웅님도 충분히 뉘우치고 반성하고 후회했을 겁니다. 그러면 봐주는 것이 상식이고 사람 사는 인정 아니겠습니까. 시청자는 싫으면 채널 돌리면 그만이지 뭐가 자신들은 그리 깨끗하고 잘났다고 정죄합니까. 정말 너무들 합니다.

▶ 미옥/선생님 말씀 맞습니다. 자유민주사회를 사는 국민은 가수의 노래를 들을 자격이 있습니다. 가수 노래 듣기 싫으면 안 들으면 되지.

▶ 영주/속이 다 시원합니다. 기자님 최고예요. 옳고 그름을 확실하게 이야기해 주시고, 한 인격의 추락한 영혼을 다시금 하늘로 띄워주심에 너무 든든합니다. 불쌍한 황영웅님 기운 낼 수 있도록 우리 대중들은 큰 박수로 응원합니다.

▶ 영숙/조갑제 선생님 감사합니다. 좋은 내용의 편지를 읽어주셔서요. 황영웅의 노래가 너무 좋아서 노래를 들으면서 위안 받고 치료 받고 희망을 갖게 되는 평범한 국민들입니다. 황영웅은 이 사회에 꼭 필요한 사람입니다. 황영웅을 응원합니다. 황영웅이 계속 노래할 수 있게 매일 기도합니다!

"노래 들을 권리를 빼앗겼다"

▶ 정옥/객관적·논리적으로 나열하신 사연 감동입니다. 이 세상에 이런 분들이 많이 존재하여 따뜻한 사회가 되었으면 합니다.

▶ 조갑제 선생님 너무 좋은 글 읽어주셔서 감사합니다. 참 많은 생각을 하게 하는 글입니다. 이렇게 객관적인 시각에서 바라볼 때 어떤 문제에 대한 해답도 정확할 거라 생각됩니다. 요즘의 언론은 너무 편향된 보도가 많아 사람들마저 우르르 떼지어 그 편향됨에 끌려 다니는 듯해 너무 안타깝고, 그 편향성의 보도에 황영웅님이 희생되는 듯해 너무 가슴 아팠는데 오늘 선생님이 읽어주신 독자님의 글에서 무한 감동과 희망의 불씨도 느낍니다. 황영웅님은 치유의 능력을 가진 독보적인 목소리를 가졌기에 분명 우리 곁으로 돌아와 많은 사람들에게 행복감을 줄 거라 믿습니다. 그 날이 하루 빨리 오기를 기도합니다~~

▶ 엘리/우리는 지금 조선시대의 양반을 원하는 게 아닙니다. 우리의 마음을 위로하고 치유하고 행복하게 하는 황영웅 가수님을 원합니다. 노래를 들을 수 있는 권한을 빼앗겼습니다. 돈벌이 수단이 된 못된 유튜버들 각성 좀 하세요. 젊은 청년 하나를 물어

뜯어서 마음이 좀 나아졌나요?

▶ 민주주의 국가에서 가수에게 노래하지 말라니요. 여기가 조선인민공화국이에요? 남자가 젊은 시절 한때 쌈질, 다툼 한 번 안 한 사람 몇이나 있을까요? 뭔 살인과 아동 성폭행이라도 했답니까? 정말 너무하네요. 황영웅이 사죄 드리고, 우승 코앞에서 상금 6억3천도 포기하고 전격 하차했으면 더 이상 뭘 어떻게 하라고 계속 확인되지도 않은 일을 사실같이 일개 유튜브로 시작해서 언론 방송이 확인도 안 된 사실을 사실같이 보도합니까? 그만 좀 합시다. 영웅 씨가 당신 아들, 조카, 동생, 형이라도 그리 욕을 하겠습니까?

남 잘되는 꼴 못 본다더니 딱 그러네요. 황영웅은 우리나라에서 한 번 나올까 말까 한 독보적인 목소리를 갖고 많은 사람들에게 기쁨과 힐링을 주는 특별한 가수라 의심치 않습니다. 이런 가수 앞길을 막는 건 정말 아닙니다. 세상에 용서와 관용은 없나요. 아무리 세상이 악하다지만 그만 좀 합시다. 많은 사람들이 나서기를 갈망합니다. 도와주시길 바랍니다.

▶ 여태껏 이런 음색의 가수는 없었습니다. 원래 트로트는 몇 번 들으면 질려서 안 듣게 되는데 황영웅님 노래는 3개월째 하루에 수십 번 들어도 질리지가 않습니다. 그렇게 행복하고 즐거운 겨

울을 보냈는데 갑자기 마녀사냥을 하더니 강력한 우승자를 내쳐 버리니 우리 팬들은 살점이 떨어지는 고통을 겪었습니다. 조갑제 선생님 너무 고맙고 감사합니다. 부디 우리 가수님이 다시 무대에 서서 많은 사람에게 희망과 용기를 주는 일을 할 수 있도록 힘써 주십시오. 다시 한번 감사드립니다.

도덕군자인 척하는 언론 폭력배!

▶ 요즘 유독 조갑제 선생님 방송이 기다려집니다. 황영웅 님이 달래주고 위로해 주셨던, 마음 울리는 노래도 못 듣는데 주 필님의 따뜻한 말씀과 좋은 글귀와 세상 따뜻하고 정의롭게 바라 보게 하시는 눈을 더 트이게 해주시는 말씀이 늘 속이 시원하고 또 울컥도 합니다. 너무 감사합니다.

▶ 금주/감사합니다. 댓글을 소개해 주셔서 백성들의 의견들을 가까이 듣게 되니 세상 사는 맛이 납니다. 대기자님 덕분에 이런 마당이 열리니 가슴이 후련합니다. 황영웅 노래를 듣고 싶어하는 분들에게 좋은 결과가 나오길 기대합니다.

▶ 털려고 들면 문제 없는 이 없고, 덮으려고 들면 못 덮을 허물

이 없다. 언론이나 공중파 방송하는 이들은 도대체 삶이 얼마나 유리알처럼 깨끗하길래 이 힘 없는 청년 한 명을 구렁텅이로 밀어 넣으려고 하는지 참 인간성을 보고 싶다. 악플 댓글에는 '영원히' 란 단어가 들어간다. 영원히 가수생활 못 하게 퇴출시키라고. 어떻게 사람의 탈을 쓰고 그리 잔인하게 말들을 하는지 화가 나다 못해 분통이 터진다. 황영웅님 꼭 보란 듯이 재기하셔서 지금 이 시점 아프고 힘든 일들 다 털어버리시고 팬들과 함께 소통하고 함께하는 그날이 곧 올 거라 믿어요. 너무 상심하지 마시고 힘 내세요.

▶ 자기네 입맛에 맞게 만든 잣대를 맘대로 들이대는 기자들은 스스로가 정의로운 도덕군자들이라고 목이 굳어 있는데, 아무리 좋게 봐줘도 언론 폭력배로밖에 안 보이는 건 왜일까요.

정기검진 갔더니 의사가 한 말

황영웅 노래를 반복 청취하다가 병세(病勢)가 호전되었다는 이야기는 끊이지 않았다(2023년 6월 조갑제TV 댓글).

▶ 솔이/황영웅 팬분들은 모두 베스트셀러 작가님이십니다. 마

음속에만 갇혀 있는 글은 글이 아니고 표현하고 썼을 때 비로소 가치가 있습니다. 여기에 오셔서 가치 있는 글을 영웅님을 위해 써 주신 팬분들과 선생님께 무한 존경을 보냅니다. 저는 책읽기를 그리 좋아하지 않는 편인데 선생님이 읽어주시는 댓글은 너무 감동적이고 가슴에 와 닿아서 열심히 읽고 있습니다. 짧은 글 긴 감동 그 자체입니다.

▶ 존경하는 조갑제 대기자님 감사 인사 올립니다. 저는 4월23일 암으로 만신창이가 된 댓글 올린 사람입니다. 선생님께서 읽어주시니 고마움에 눈물을 많이 흘렸습니다. 6월 정기검진 갔는데 결과를 보신 의사 선생님이 깜짝 놀라 "그동안 무슨 일이 있었냐"고 해서 제가 "노래 듣고 진통제 없이도 잠 잘 잔다"고 했더니 "희망이 보인다"고 했습니다.

저뿐 아니라 병으로 고통 받는 모든 분께 희망입니다. 선생님, 황영웅 가수님은 저희들을 살렸습니다. 하루빨리 복귀해서 그의 노래를 들으며 조금 더 살고 싶습니다. 가수님 몸은 건강하신지요. 오래오래 저희 곁에 계셔주십시오. 영원히 잊지 않을 겁니다.

▶ 천재(天才) : 선천적으로 보통사람보다 아주 뛰어난 정신 능력이나 재주. 조갑제 선생님 맞는 말씀입니다. 하늘이 재주를 내려 주고 점지해 준 천재를 핍박하면 천벌 받습니다. 황영웅도 천재

인 줄 모르고 자라났고, 이제야 그 재능이 빛을 발하는데 그 빛을 밟으려는 게 하늘을 거역(拒逆)하는 것이지요.

▶ 문신 없는 기자씨, 조폭처럼 언폭으로 상처주고 심판자처럼 행세하네요. 문신 있는 영웅님은 문신 없는 기자씨처럼 교만하며 영혼까지 망가지지는 않았네요. 어릴 적 사소한 잘못을 확대해서 기자의 특권으로 국민을 선동하는 문신 없는 기자씨들 당신들보다 더 반듯하고 영혼이 깨끗해 사람을 살리고 고치고 있네요. 문신 있는 천재가수 영웅님을 우리는 영웅이라 하지요. 문신 없는 기자씨는 사람 살리는 능력 없지요. 이런 능력 없으면 가만히 있으면 중간은 갑니다. 영웅님 '문신 상남자'답고 보기가 좋더만요.

▶ 남 헐뜯는 영상은 처음에는 호기심에서 보다가 몇 번 듣고 보다 보면 말하는 사람의 인격을 보게 됩니다. 다시 무관심해지지요. 여기 선생님의 선한 말씀을 들으면 행복해지고 저도 선해지려고 반성하게 합니다.

황영웅 가수님 끝까지 지켜주세요. 사람 살렸다는 가수 있었나요. 왜 이런 미담은 전하지 않고 비난만 하는지 너무 화가 납니다. 그 사람들만 자유를 누릴 자격이 있고 우리는 사람이 아닙니까. 이렇게 수많은 사람들이 애타게 기다리는데 우리에게도 노래 들을 자유 주세요.

▶ 오늘 따라 왜 이렇게 '여자의 일생'이 가슴에 와 닿을까요. 웃음기 없는 우리 가수님 모습도 제 마음을 아프게 울립니다. 우리 가수님 지금 심정이 우리 어머니들 일평생과 같은 심정이지 않을까 싶네요.

나의 생명의 은인

▶ 의리의 돌쇠 조갑제 선생님 존경합니다. 우리 영웅님이 부른 '여자의 일생'이 내게는 '황영웅의 일생'으로 들려요. 가슴이 까맣게 타서 없어진 한맺힌 지금 사정을 노래하듯 처절함에 맘이 아프네요. 영웅님 울고 싶을 땐 펑펑 우세요. 숨기지 마시고~ 우리가 함께 울어줄게요. 언제나 지켜줄게요. 걱정하지 말아요.

▶ 저는요 수십 번 아니고 수천 번 들었어요. 저는요 큰아들이 최근에 안 좋은 일이 있었는데, 너무 살기 싫어 죽으려고도 했어요. 그러던 중 황영웅님의 '인생아 고마웠다' 노래를 듣게 되고서 치유가 되어서 최근에는 웃지 않고 살던 제가 울기도 하고 웃기도 합니다. 그러다 내가 살기로 결심하고 매일 매일 황영웅님 노래를 하루종일 들으며 삽니다. 아들도 잘되고 있습니다.

저한테는 황영웅님이 제 생명의 은인입니다. 그래서 제가 살아 있는 한 황영웅님을 지키기로 결심했어요. 황영웅은 저의 막내아들입니다. 아들 고맙고 감사합니다. 잘 견뎌 내십시오. 그래야 성공합니다. 더 많이 연습해서 노래로 실력으로 승부하십시오. 기다릴게요.

▶ 원자/선생님, 저는 민주시민이라 말씀하시는 선생님 말씀에 자부심을 가지게 되었습니다.

용서와 회복

**"사랑 할 수 있음에 감사하고
더 많이 줄 수 없음을 아파합니다"**

조갑제TV 동영상 댓글 편지의 필자들, 즉 민들레 모임의 글들은 거의가
타인(他人)을 위한 걱정이고 울분이었다. 엉터리 기사에 대한 분노가 앞
설 때가 있지만 사랑에서 우러나오는 분노이지 증오심이 아니었다. 이기
적 생각이 전혀 없었다. 인간이 순수해질 때는 바로 이런 모습이리라. 남
을 위하여 괴로워하고 잠 못 잔다는 것은 인간이란 존재증명이고, 그런
마음이 고스란히 글에 묻어 나왔다.

▶ 담마/조갑제 선생님 오늘도 정말 수고가 많으시네요. 어제는 제가 부산 경남 모임에 갔었습니다. 거의 350명 정도 왔다 합니다. 그런 팬 모임을 처음 갔는데 그냥 한 가족 같았습니다. 쑥스러웠던 맘이 한순간에 사라졌지요. 식사를 하다가 앞에 분이랑 얼굴을 마주쳤는데 눈물을 흘리고 계셨습니다. 저도 옆에 계신 분들도 그냥 다 눈물이 핑 돌았죠. 그분은 74세 어머니였습니다. 팬 카페 가입도 안 했는데 소문 듣고 오셨다 하셨어요. 마음이 그냥 너무 아프다면서~우리는 이제 울지 마시라고, 괜찮고 잘 있다가 나올 거라고 말씀 드렸어요. 고개를 끄덕 끄덕 하시면서도 계속 우셨어요. 자제 분이 다 서울에 계셔서 카페 가입이 힘드셔서~제가 가입 도와드리니 너무 좋아하셨어요.

그러시면서 조갑제 선생님 말씀은 잘 듣고 계시다고 하셨어요. 우리 영웅님은 노래로 마음의 기쁨을 주고, 조갑제 선생님은 올바른 판단으로 우리의 마음을 달래주고 계시니 참으로 든든합니다.

▶ 선생님 감사합니다. 저도 가수님께 꽂힌 게 운명인 것 같습니다. 66세 이 나이에 처음입니다. 선생님 말씀 격하게 공감합니다. 타인의 일에 잠 못 자고 눈물 흘린 게 처음입니다. 순수한 표정 미소, 그냥 마음이 가수님께 향합니다. 기죽지 말고 겸손하라는 말씀 눈물 났습니다. 고맙고 감사합니다.

▶ 갑순/존경하는 조 대기자님 옳으신 말씀 감사 인사 올립니다. 4월에 난소암 4기, 훌륭한 교수님 만나 행운을 얻었는데 두 번째 행운은 선생님과 황영웅 가수한테서 받았습니다. 지금은 골다공증으로 힘들지만 이렇게 볼 수 있고 들을 수 있어 얼마나 고마운지, 어버이날 '여자의 일생' 노래 선물 받고 기쁨의 눈물을 많이 흘렸습니다. 통증으로 잠 못 이루지만 지금은 가수님의 노래가 진통제가 되어 잠을 잘 자니 앞으로 걸을 수 있으리라 믿고 열심히 노력하겠습니다. 선생님, 황영웅 가수님 영원히 잊지 않을 겁니다. 선생님 건승하시고 저희들 곁에 오래 오래 계셔주세요.

가슴으로 낳은 자식

▶ 인화/조갑제 선생님 제겐 가슴으로 낳은 자식이 있습니다. 가슴에 녹이 슬어 삶의 리듬을 잃고 있을 때 늦둥이로 신께서 주신 선물이죠. 그에 대한 제 사랑이 애처롭기까지 하지만 사랑을 할 수 있음에 감사하고 더 많이 줄 수 없음을 아파합니다. 상처를 받아본 사람만이 남의 상처를 치유할 수 있다는데 그 어린 나이에 얼마나 가슴에 상처가 많았으면 천상의 목소리로 세상 속에서 신음하는 사람들의 상처를 치유할 수 있는지 감탄합니다! 기도합니다. 세상 속에서 신음하는 그의 상처에 제가 선물이 되게 하소

서! 또한 그의 삶에 묶여 있는 매듭들을 풀어주소서!!

선생님이 굳건하게 황영웅 가수님을 지지하심에 저희 팬들에겐 신께서 보내주신 수호천사와도 같은 선생님을 존경하며 건강하시기를 빌며 항상 감사드립니다

똑같은 꽃일지라도 추위를 겪고 견디면서 핀 꽃은 그 색깔이 선명하고 고운 것처럼 사람도 마찬가지일 거라 생각됩니다. 선생님과 동행하며 황영웅 가수님을 끝까지 응원하겠습니다.

▶ 선생님의 말씀에 눈물이 하염없이 흐릅니다. 맞습니다. 아파 본 사람만이 타인의 아픔을 알 수 있습니다. 그의 상처가 타인을 치료할 수 있어요. 비난하는 자들이 알아주면 얼마나 좋을까요. 이런 아픔을 안고 있는데 몰라 주고 죽일 놈으로 비난하니 고통이 두 배나 되지요.

'자숙'이란 폭력

▶ S/조갑제 선생님 항상 감사하고 존경합니다. 청소년기 '주말의 영화' 보는 거 좋아했는데, 특히 레지스탕스 영화를 보면서 혹시 그런 상황이면 나도 레지스탕스 해야지 했었습니다. 요즘 황영웅 가수님 응원하면서 레지스탕스 된 듯한 느낌이 듭니다. 민

주주의 국가에서 레지스탕스 같이 느끼는 국민들이 있다는 건 뭔가 근본적으로 잘못 된 게 있는 것 아닌가요.

▶ 조갑제 선생님 오늘도 반갑습니다. '자숙'의 본래 뜻은 자신의 행동을 스스로 조심한다는 것인데 언제부턴가 우리 사회는 남의 행동을 강제로 저지시키는 자숙이 되어버렸네요. 마치 공산국가에서 떼거지로 뭉쳐다니며 누구 하나를 타도하는 것처럼요.

저는 MBC 실화탐사대에 나오는 그 중학교 선생님의 말씀이 얼마나 고맙던지요. 지난 과거가 뭐가 중요합니까. 그것도 물불 가리지 못하던 사춘기 청소년 때의 일을 갖고요. 현재의 영웅님은 이미 지극히 성숙한 사람이 되어 있는데도 말입니다.

선생님 말씀처럼 이제는 겸손하면서 강인한 사람이 되어야 하겠지요. 그래야만 그렇게도 꼭 하고 싶은 가수의 꿈을 무너지지 않고 끝까지 지킬 수 있을 테니까요. 부끄러움이 많은 우리 영웅님이 주눅들지 않아야 할 텐데 조갑제 선생님의 조언을 명심하셔서 꼭 이겨 내실 거라 믿습니다. 영웅님도 선생님도 사랑합니다.

▶ 영웅님, 선생님 말씀처럼 이제는 자신의 정당성을 믿고 저들이 뭐라 하든 당당했으면 합니다. 더 이상 마음고생 안 했으면 하는 간절한 바람입니다. 이제는 혼자 몸이 아닙니다. 영웅님 얼굴이 상하면 팬들은 가슴이 미어집니다. 영웅님 노래 듣고도 마음

이 바뀌지 않는 사람들 때문에 마음 아파 하지 마셔요. 모든 사람에게 사랑 받을 수는 없어요. 거대한 팬덤이 형성되고 있고 영웅님 사랑하는 팬들만 바라보고 자신감을 가지고 첫째도 둘째도 마음의 평안입니다. 영웅님은 수많은 국민들에게 선한 영향력을 끼치고 있어요. 기 죽지 마시고 자부심을 가지고 당당했으면 합니다. 다음에 만날 때는 식사 많이 해서 처음 '미운 사랑' 부를 때처럼 뽀송뽀송 이쁜 얼굴로 만나요.

▶ 제가 영원히 잊을 수 없는 영화 중에 '미야모토 무사시'에 관한 일본 영화가 있습니다. 그가 실제 인물인지는 잘 알지 못합니다. 그 전설적인 인물이 산 중에서 타인의 추종을 불허하는 귀신의 검술을 익히면서 불교의 참선을 수행법으로 삼아서 실천하였다는 점이 그야말로 저를 매혹시켰습니다.

그 위대한 검객이 선한 의지가 없었다면 그 시대를 사는 사람들이 얼마나 불행했을까요? 사무라이들이 판을 쳤던 중세시대에 정의로운 검객이 되어 한 시대를 평정하는 모습은 반하지 않을 수 없었습니다. '지성인은 삶에 대한 가치가 일반 하층민과는 다르고 숭고해야 한다'는 가르침, 깨우친 자신의 '도(道)'를 실천해야 한다는 정의감과 단호한 결단력, 도전이 오면 칼끝 승부로 죽어야 끝이 나는 응전을 겁내지 않은 굳센 용기!!

본인은 얼마나 두렵고 고독하였을까요? 분명히 위대한 사람이라고 저는 인정합니다. 비록 그의 칼끝에서 많은 목숨들이 사라졌겠지만 과감하게 정의의 편에 섰고, 유약하게 머물지 않고 자신의 선한 의지를 실천하고자 강단지게 행동하였다는 점에서 선량한 많은 사람들을 보호하는 법익이 더 컸기 때문에 그가 존경받지 않았을까요?

황영웅 군에게 가당찮게 내려진 벌칙에 관하여 불공정하고, 또 올바른 처사가 아님을 아시고 당신의 소중한 시간과 용기를 결집하여 노력하시는 선생님을, 비디오 영상으로 뵈면서 '미야모토 무사시'의 화신을 보는 것 같아서 흥분됩니다. 너무 과장스럽다고 생각하시겠지만 '착한 사마리아인의 법'이 도저히 용납되지 않는 이 나라에서 선생님께서는 자신의 사회적 지위의 안녕을 돌보지 않으시고 기꺼이 황영웅 군을 위한 변호를 하시는 일이 제게는 너무나 기분 좋은 '미야모토 무사시'의 영화를 보고 있는 것 같아서 매우 행복하게 느껴집니다. 설령 조 선생님의 노력이 헛수고가 된다고 해도 선생님께서 지금까지 해오신 업적은 제 마음속에는 영원한 묘지명(墓誌銘)으로 남을 것입니다.

70년 살아오며 처음 팬카페에 가입

▶ 학영/저는 70년을 살며 생전 처음 가수 팬카페에 가입

했습니다. 바로 황영웅 팬 카페입니다. 동기는 조갑제TV를 보면서 입니다. 저는 정훈장교로 30년 군 생활을 했던 사람입니다. 현역 시절 조갑제 기자님의 공산주의 이론 비판에서 해박한 지식을 갖고 쓰신 기사에 조갑제 팬이 된 사람이기도 합니다. 선생님의 처음 황영웅 방송은 좀 의외였고 선생님의 시사(時事)방송 주제와는 어색하다는 생각을 했습니다. 그러나 몇 번을 황영웅 관련 방송을 들으면서 매우 공감을 하게 되었습니다. 물론 황영웅 노래를 저는 매우 좋아했고요. 저는 배호 노래를 아주 좋아하는 사람인데 황영웅도 배호와 같이 깊은 감정의 호소력 있는 창법에 특유의 굵은 목소리는 다르면서도 유사함을 느낍니다. 깊이 빠져들게 하는 매력 있는 목소리가 심금을 울리는 것도 같습니다. 황영웅 보기를 고대하는 많은 국민들의 소망이 하루 빨리 이루어지기를 소망해 봅니다. 조갑제 선생님 고맙습니다.

▶ 금자/조갑제 선생님 오늘도 소중한 말씀 진심으로 감사드립니다. 요즘 사회가 너무 힘든 만큼 모든 사람들이 거짓에 물들어 가는지 안타깝습니다. 유독 황영웅 가수를 물고 뜯는지 화가 나며, 정치계에 전과 3범, 5범이 당선되었는데 어느 한 곳 어느 누구 하나 언론에서 말하는 사람 없으며, 그냥 공장에 다니다가 노래가 너무 부르고 싶어 한 번만 해보자는 간절한 마음으로 도전한 순수한 젊은 청년을, 그것도 지금 숨소리도 안 내고 자숙하는 사람

을 이렇게도 물어뜯는 속셈은 대체 무슨 심리이며 그래서 얻는 게 뭣일까요?

많은 분들이 원하고 그리워하는데 누구 한 사람 나서서 황영웅 가수는 노래해야 된다고 강력하게 말해주는 사람 단 한 사람도 없는 현실이 너무 안타까워 가슴만 치며 눈물이 쉴새 없이 나는 요즘 선생님 계셔서 그나마 힘이 나며 희망이 보입니다. 계속해서 영웅님 응원해 주세요. 감사합니다. 존경합니다.

▶ 선생님 오늘도 변함 없이 수고가 많으시고 감사합니다. mbc 는 전생에 황영웅님의 원수였을까요?? 그렇지 않고서야 어쩜 그 토록 짓밟고 그것도 모자라 밟아 뭉개기까지 하는 걸까요? 정말 신이 있긴 한 건지 신이 있다면 mbc에 얼마나 큰 벼락을 때리시려 고 아직 반응이 없으신지 답답합니다. 소탐대실(小貪大失)이란 말 이 있듯이 저는 '실화탐사대' 방송 이후 mbc는 쳐다 보지도 않습 니다. 하루 시청률 올리려다 역으로 시청자에게 스스로 신뢰감을 잃고 등을 돌리게 하는 상황을 만든 거죠. 저 살아생전 두 눈 똑 똑히 뜨고 지켜보고 좌시하지 않겠습니다. 선생님 건강하셔야 합 니다. 좋은 말씀 감사합니다

▶ H/황영웅 구하기 부대의 선봉장이신 선생님 감사합니다. 기 죽지 말고 당당하라고 용기 주시는 말씀에 저희도 덩달아 어깨가

퍼집니다. 몇 달 전만 해도 황영웅 씨가 언론의 폭력을 견뎌내지 못할까 봐 많은 걱정을 했습니다. 다행히 선생님이 계셔서 저희도 힘을 낼 수 있었고, 이젠 복귀 시기도 논할 만큼 희망적입니다. 살아 남는 자가 강하다는 말을 다시금 생각합니다. 앞으로 있을 황영웅 씨 콘서트에서 뵙길 바랍니다. 건강하세요.

▶ 안녕하세요. 선생님과 황영웅님은 마치 2002년 월드컵 때 박지성 선수가 골을 넣고 달려 가서 히딩크 감독님께 안기던 모습을 상상케 하는 그런 애틋하고 따뜻한 뗄레야 뗄 수 없는 가깝고 귀한 사이 같아요.

제가 소녀시절부터 지금까지 사랑하는 프랑스 샹송의 여왕 에디트 피아프처럼 아픔과 시련 속에 마음의 한과 고뇌를 영혼 속에 끓어올려 애절하게 불렀기에 프랑스와 전 세계인들의 심금을 울린 것처럼 영웅님도 에디트 피아프처럼 세상을 떠난 다음에도 사람들의 마음속에 남아 사랑받는 그런 최고의 진정한 명가수가 되리라 믿습니다.

박지성 선수가 있기에는 히딩크 감독님의 훌륭한 가르침과 충고가 있었기에 가능한 것처럼 황영웅님이 하차 후에도 이런 폭발적인 인기와 수만 명의 팬 회원을 모을 수 있었던 건 모두 선생님의 방송과 진정한 리더십 덕분이라는 걸 영웅님 팬분들은 인정하시겠지요. 존경합니다. 그리고 감사드립니다.

오늘의 황영웅을
어제의 황영웅으로
가리다니!

현재의 황영웅은 보지 않으려 한다

황영웅 가수의 문제는 현재 진행형이 아니고 과거완료형이다. 언론이 7
년 전에 끝난 문제를 재탕하자 현재의 황영웅이 가려졌다. 더 좋아진 황
영웅은 사라지고 성숙되기 전의, 지금은 존재하지 않는 황영웅을 향해
서 공격을 하니 미래의 황영웅을 미리 해치는 형국이었다. 좋은 일도 못
하게 하는 기자들의 마녀사냥에 대한 분노를 삭이고 타이르듯이 말하는
댓글 편지들도 많았다.

▶ 선생님, 황영웅을 위해 좋은 말씀 해주시니 감사합니다. 어

디에 이 답답한 마음을 전할까 고민하다가 선생님의 말씀이 제일 힘이 강하다는 것을 알고 전합니다. 언폭 기자들에게 전합니다. 저는 대중가요를 전혀 듣지 않습니다. 유튜브를 보다가 그의 기사를 보게 되어 궁금해서 처음으로 준결승전에서 부른 '영원한 내 사랑'이란 노래를 듣게 되었는데 너무 잘해서 감탄을 했습니다.

황영웅의 노래를 들으면서 어린 시절 그가 왜 방황을 했는지 생각해 보았습니다. 이번에 알게 되었는데, 1년 전 KBS에 '노래가 좋아'라는 프로그램에 '첫쨋찬밥신세'라는 이름으로 나왔는데 중학교 때 아버지께 예술고등학교 보내달라 했더니 안 된다 하시고 아버지가 너무 무서웠고 늘 찬밥 신세를 당했다고 합니다. 이런 재주가 있는데 아버지의 반대로 조금 옆으로 가지 않았나 생각해 봅니다.

성인일 때는 친구와 의견이 달라 쌍방으로 싸우다가 조금 더 맞은 사람 조금 덜 맞은 사람이 있을 뿐이고 합의가 되질 않아 법으로 가서 벌금 낸 것뿐인데 중죄인 취급합니다. 철없던 시절에는 방황하고, 기자의 말대로 좀 다르게 살았다면 그 이후로는 완전 새사람이 되어 공장에서 성실히 일하고, 같이 근무한 사람의 증언에 의하면 의리 있고 정 많고 너무 착하다고 합니다.

같이 경연했던 박민수는 서울살이가 처음인 자기에게 먼저 다가와 같이 살자 하고 밥 먹었는지 걱정해 주고 너무 착하고 바보 같은 형이라 합니다.

제가 TV에서 볼 때도 수줍음이 많고 예의 바르고 마음이 따뜻하고 의리 있는 모습이었습니다. 저만 그럴까요? 너무 바르게 성장해서 눈물이 났습니다. 너무나 바르게 성장한 그에게 박수와 칭찬을 해야 하지 않을까요. 그런 그에게 철없던 과거의 일들만 보고 현재의 황영웅은 보지 않으려 하고 비난만 합니다. 미담은 전혀 말하지 않습니다.

"잘못을 인정했고 용서를 구했고 한 번 기회를 달라 하잖아요"

왜 철없던 과거만 보고 지금의 황영웅은 보지 않으려 합니까. 가장 어리석은 사람은 과거에 발목 잡혀 아무것도 못 한 사람입니다. 용서하는 사람이 진정한 승리자입니다. 아버지의 반대로 꿈을 포기하고 어릴 적 힘들어 했을 그에게 오히려 위로해 주고 따뜻한 마음으로 품어주시고 응원합시다. 어떤 손녀가 우리 할머니 황영웅 보고 싶어 매일 우신다 합니다. '황영웅 빨리 보게 해주셔요'라는 호소문을 봤는데 눈물이 납디다. 기자 여러분 이제 그만 합시다. 천재를 키워 줍시다. 이것이 국가 발전에 기여하는 것이고 기자의 존재 이유입니다. 과거의 황영웅을 보지 마시고 현재의 황영웅을 봐주시고 미래의 황영웅을 기대해 봅시다.

잘못을 인정했고 용서를 구했고 한 번 기회를 달라 하잖아요. 기회를 주시고 따뜻한 마음으로 품어주셔요. 국민들의 소리를 외면하지 마시고 대통령 10명보다 나은 그에게 축복해 줍시다. 황영웅은 모든 사람에게 칭찬 받을 만큼 바르게 성장했습니다. 이런 인격을 갖춘 그에게 더 이상 돌을 던지지 맙시다.

누구보다도 황영웅이 제일 많이 후회할 것입니다. 그 증거가 현재의 황영웅의 인격이고 아버지의 뜻에 순종하여 공장에서 6년간 일했고 그와 생활했던 사람들의 증언이 증거입니다. 지금은 과거의 황영웅이 아닙니다. '황영웅 죽이기'를 계속하면 황영웅만 고문하고 죽이는 것이 아니라 황영웅 노래를 듣고 싶어 하는 사람을 고문하고 죽이는 것입니다.

가만히 있으면 지는 것

MBC 실화탐사대에서 정보 수집한다고 할 때부터 10번이나 장문의 글로 간청을 했는데 결국은 하네요. 개인 유튜브와 같은 동급으로 어린 시절의 일들 똑같이 끄집어 내는 저급하고 유치함. 더 분노를 사고 반드시 역풍이 불 것이다. 일그러진 영웅이 아니라 일그러진 MBC가 될 것이다. 과거를 붙잡고 치사하게 후퇴하는 방송을 하다니 이제는 대응할 가치를 못 느낀다. 현재의 황영웅은 보지 않고 과거만 흠잡으려고 하는 데는 어떤 의도가 있다고 본다. SBS는 이야기할 내용이 없어서 안 한다는데, MBC는 예고편에 이미 알고 있는 내용을 지상파의 무기로 재탕을 하더군. 절대로 당신들 뜻대로 되지 않는다. 국민들의 소리를 외면하고 방송의 무기로 감정 섞인 이런 방송사는 퇴출되어야 한다. 국민을 선동하는 집단이다.

영웅님이 사람들의 비난으로 무섭고 두려워하고 있다는 소식을 들었는데 마음이 미어지네요. 그러나 영웅님 나와서 보란 듯이 노래해야 할 이유가 생겼네요. 가만히 있으면 지는 것입니다. 정면승부해야 합니다. 소수의 사람보다 수백만 국민이 간절히 기다립니다. 이해와 용서가 1도 없고 얼음보다 더 차가운 가슴을 가진 냉혈한 인간들 상대할 가치가 없다고 봅니다. 너무나 따뜻한 인격을 지니고 있는 영웅님 노래 부르며 박수 받을 자격 충분히 있습니다.

현재의 영웅님을 부정하는 인격 미달인 인간들 '강아지는 짖어라' 버려두고 우리는 우리의 갈 길을 가면 됩니다. 국민들이 영웅님의 노래를 듣고 행복해 하면 국가 발전에 기여하는 것이고 1등 공신입니다. 당당하게 노래로 국민들에게 위로와 치유와 기쁨을 주세요. 전쟁이 시작되었는데 가만히 있으면 진 것입니다. 맞서 싸워야 이깁니다. 간절히 기다리고 있는 국민들을 위해 노래로 보답하는 것이 이기는 싸움입니다. 강아지들도 짖을 자유가 있어 짖고 있는데, 영웅님도 노래 부를 자유가 있는데 왜 못 합니까. 이건 아닌 것 같습니다.

마지막 부른 인생곡 '백년의 약속'은 부모님과 팬들께 드리는 곡이랍니다. 만원만 벌어도 좋으니 노래를 포기 못 해 모든 것을 버렸다는 우리 영웅님, 효자 영웅님 살려주셔요. 죄 없는 자만 돌로 치세요. 조갑제 선생님, 너무 착한 영웅님 끝까지 잊혀지지 않고 노래 부를 수 있도록 도와주세요. 늘 정의의 편에서 일하시는 선생님 축복하고 축복합니다.

'백년의 약속'을 듣고

▶ 눈물이 납니다. 기다리고 기다리던 '백년의 약속'을 들을 수 있어서 고맙고 감사합니다. 영웅님 힘 내시고 당당하고 멋진 모습, 활짝 웃는 모습으로 보고 싶어요. 사랑하는 마음으로 날마다 주님께 기도 드렸습니다. 너무 안쓰럽고, 억울하게 당하고도 말한 마디 못하는 처지가 안타까웠습니다. 언론 폭력의 큰 피해자 황영웅님, 보란 듯이 성공해서 잘 살아가기를 바랍니다. 울지마요 절대로. 활짝 웃는 모습으로 만나요.

▶ 영웅님이 '백년의 약속'을 애잔하고 담백하게 부르는데 희한

하게 온몸에 전율이 흐르고 오감을 뒤흔들었습니다. 마력의 소유자 황영웅입니다. 노래 치료 말만 들었는데 요즘 그 말을 황영웅님 덕분에 실감합니다. 반성과 자숙은 법에도 없는 시간입니다. 본인만이 가늠할 수 있는 무게의 시간입니다. 즉 타인이 이래라 저래라 할 권리는 1도 없습니다! 하루 자숙하고 다했다고 하면 어쩔건데요? 같은 물을 먹고도 우유를 만들어 내는 자가 있고, 독주를 만드는 자가 있다더니! 언폭의 강도가 도를 넘고 악질 유튜버의 입질과 악성 댓글을 보니 이왕 이럴거면 하차하지 말고 상금 타서 기부나 할 걸 그랬어요. 억울하다 못해 화가 치미네요, 진짜. 내일이라도 영웅님 그냥 나오셔서 팬미팅도 하고 '단콘' 했으면 좋겠어요. 맞불작전으로 나가야 할 때가 온 것 같네요! 황영웅님 귀 닫고 팬들 곁으로 돌아오세요! 팬들 믿고 씩씩하게 돌아오세요! 달려나오세요. 팬들이 달려가서 안아 드릴게요.

▶ 선생님 오늘도 많은 분들께 공감할 수 있는 감동의 말씀을 해주시니 막혔던 가슴이 뻥 뚫리는 것 같습니다. 황영웅 '백년의 약속'이란 노래를 잠들기 전까지 들었습니다. 노래 들으면서 그냥 눈물이 나더라구요. 저도 육십년 살아오면서 산전수전 다 겪으면서 살아온 날들을 생각하며 저 노래 가사가 나한테 말해주는 것 같아서 그런가 봅니다. 노래 부르는 모습을 보니 가슴이 너무 아프네요.

▶ 선생님 오늘도 감사합니다. '백년의 약속' 연속 듣기 들으면서 잤네요. 아침 일찍 선생님 뵈니까 노래로 위로를 받고 선생님 말씀으로 힘을 얻습니다. 마녀사냥 덕분에 우리 가수가 더 알려졌을 겁니다. 부디 가수님이 용기 잃지 말았으면 좋겠습니다. 우리 가수 졸업한 고등학교가 우리 친정 동네에 있어서 그런지 남같지 않고 조카 같고, 동생 같아 속에서 화가 치미네요 울컥! 울컥! 이러다 홧병 생기겠어요.

"선생님, 저 욕 좀 해도 되겠습니까"

▶ 조갑제 선생님! 안녕하십니까! 선생님의 따스한 변론의 말씀에 힘을 내고 다시 한번 살아보려 하는 60대 후반의 할머니입니다. 선생님! 죄송한데요. 저 욕 좀 한마디 해도 되겠습니까? 이 정신 빠진 우리나라 언론사들과 기자놈들! 죄송합니다. 사실은 더 심한 욕 좀 시원하게 하려 했으나 선생님께서 놀라실 생각에 몇 번이나 지워버렸습니다.

미쳐가는 언론 수준에 분통이 터져 미약하지만 저라도 생업을 포기하더라도 앞장서서 이 정신 빠진 기자들을 처리하러 나서고 싶습니다. 이게 세상이고 이게 민주주의 사회 맞습니까? 저는 우리나라가 공산화돼 가고 있다는 착각이 듭니다. 그 기자놈들이 먹는 밥도 아깝습니다. 선생님 말씀대로 그놈들이 소속된 국장이 더 한심하고요.

이 나라 국회도 문제입니다. 국회의원들은 뭐하는 것인지? 이런 한심하고 개탄할 수밖에 없는 언론인과 유튜버들을 규제하거나 어떠한 제약의 규정 하나 만들지 못하는 국회의원들은 국민의 피와 땀 묻은 세금으로 월급 타 먹으면서 대체 뭐 하는지? 과연 귀와 눈은 뒀다 뭐할 것인지 물어보고 싶습니다. 밤새 글을 올려도 분이 풀리지 않을 거 같아 여기서 줄이겠습니다.

조갑제 선생님! 부디 옥체 보존하시어 황영웅 가수가 멋지게 재기하는 그날까지 선생님 말씀대로 모든 악행의 언론인과 기자, 방송국들이 법의 심판을 받을 수 있는 그 순간까지 언론인의 표본이신 선생님께서 함께해 주십사 하고 무례한 청을 드립니다.

선생님! 강건하십시오. 감사합니다.

이건 독립운동이고 레지스탕스다!

일종의 민주화 운동

황영웅 사태의 본질은 한 무력한 개인에 대한 언론의 폭력적 보도와 이에 대한 서민들의 저항운동이다. 한 개인의 기본권 침해에 대한 집단적 항거란 점에서 일종의 민주화 운동이라고 할 것이다. 이런 저항운동이 성공하려면 논리와 조직이 있어야 하는데 나는 논리를 제공하고 팬카페는 조직을 가동한 셈이다. 선전과 조직이 결합되었고 무엇보다도 황영웅 노래가 주는 감동이 힘이 되었다.

▶ 황영웅 가수님의 최근 사태를 지켜보면서 대한민국 언론의

편파적이고 잔인한 보도에 애가 타고 분노한 국민은 헤아릴 수 없이 많았을 겁니다. 하지만 절망적인 상황에서도 시종일관 정의의 편에 서시고 약자를 외면하지 않으신 조갑제 선생님 같으신 분이 계셨기에 팬으로 얼마나 큰 힘이 되고 위안이 되었는지 모릅니다. 선생님의 노력에 힘입어 황영웅 가수님은 조만간 커다란 반향을 일으키며 세상에 복귀할 것이고 팬덤도 지금보다 더 어마어마한 규모로 늘어날 것입니다. 황영웅 가수님은 단순한 일개 가수가 아니라 우리가 지켜내야 할 가치이자 소중한 보물의 상징이 되었기 때문입니다.

▶ 코엣/선생님 말씀에 왜 이리 눈물이 나는지요. 감사의 눈물, 억울함의 눈물, 춥고 배고프고 갖은 고생을 겪어온 회한의 삶을 살아온 세대입니다. 그러나 황영웅님 노래를 듣노라면 나도 모르게 마음이 편해지고 어려웠던 지난날이 아스라한 추억으로 남아서 저절로 그땐 그랬었지 빙그레 웃음이 난답니다. 선생님 진심으로 감사드립니다. 존경합니다. 대한민국의 최고의 기자상을 드립니다. 강건하시고 만수무강을 빕니다.

▶ 자야/저는 솔직히 조갑제 선생님을 몰랐어요. 황영웅 씨를 좋아하게 되고 56년 인생 생전 처음으로 팬카페 가입도 하고 이렇게 검색하며 하루에도 시간 날 때마다 검색하다 선생님을 뵙게 되

기다린 날이 왔어요! - 엄마들이 눈물로 지켜낸 가수 황영웅 이야기

었죠. 경상도에 살고 있어서 보수당 쪽이지만 그래도 사람을 보고 앞 정부의 수장에게 한 표를 행사했지만 결과가 엉망진창이었죠.

여태껏 오디션 프로그램에서 1등한 사람을 찍어서 저에게도 촉이 있다고 나름 생각을 하고 있죠. 그렇지만 팬카페 가입을 한 사람은 황영웅 가수님이 처음입니다. 매일 노래 듣고 영상 보고 마음 아파하고 안타까운 마음을 가지기는 정말 처음입니다. 평생 처음 가수 노래에 놀라고 가수 때문에 울고 잠 못 자고 애가 타고, 아침 눈 뜨자마자 영웅님 소식 보려고 유튜브에 여기저기 기웃기웃 방황하고 팬카페란 데 가입도 해보고 댓글이란 걸 처음 써보고 악플 다는 사람들한테 한 번만 용서해 달라고 애원도 해보는데 이런 것들이 모두 난생 처음입니다.

▶ 남희/조갑제 선생님 항상 황영웅님을 응원해 주서서 감사합니다. 힘 없고 빽 없는 오디션 참가자이기에 밟아도 저항 한 번 하지 못하고 그렇게 사그라들 줄 알았겠지요. 1894년 고부군수 조병갑의 만행에 참지 못하고 농민들이 삽과 괭이를 들고 동학혁명이 일어났듯이 지금의 '황영웅난'에서는 무자비하게 짓밟는 언론의 횡포에 국민들이 핸드폰을 들고 일어섰습니다. '불타는 트롯맨' 7인의 팬카페 회원수 다 합쳐도 황영웅님의 팬카페 회원수에 못미칩니다. 이는 무엇을 말하는 것일까요? 팬카페 회원수가 감이 잘 오지 않는데 웬만한 지역구 국회의원을 만들 수 있는 숫자이더라

고요. 머지 않아 황영웅님을 비난했던 방송사들은 땅을 치고 후회할 것입니다. 폭행죄는 합의를 하지 않았어도 3년이 지나면 공소시효가 소멸됩니다. 그 공소시효의 3배가량의 기간이 지나고 합의하고 벌금 내고 다 끝난 일을 저들은 헌법 몇 개 조항을 어기면서 야단을 떨까요? 그러면 그럴수록 팬들은 더욱 더 단결해서 거대 팬카페가 될 것입니다.

"무팬유죄 유팬무죄"

▶ 선생님 걱정하지 마세요. 울산 팬모임부터 부산 경북 충북 경기 서울 등등 보셨지요? 도도한 물결을 누가 막을 수 있을까요. 감동 감격, 이제 됐구나, 이겼다. 이 가슴 깊은 우리의 열정은 무력의 총칼 앞에서도 한치의 물러남이 없을 거라는 확신이 들었습니다. 독립투사처럼이라도 되겠다는 거죠.

팬카페 인원수가 삼만육천이 거의 되었는데 이 숫자가 문제가 아니죠. 몰라서 못 드는 분들이 훨씬 더 많을 겁니다. 범세계적인 현상인데요. 그 많은 눈물의 기도가 꼭 응답되고 황영웅 가수님을 만날 날이 예상보다 훨씬 빠르게 올 거라고 생각해요.

선생님 걱정하지 마세요. 선생님께서 독립군 대장이시고 저희들은 유관순 열사들인데 무엇이 이 물결을 막겠습니까? 사랑합니다. 고맙습니다.

▶ 언론 거장이신 조갑제 선생님! 가요계의 거장이신 정풍송 선생님! 두 분 어른의 이렇게 옳은 말씀 핵심적인 말씀, 국가는, 언론들은 귀를 열고 정신 바짝 차리고 들어야 할 것입니다. 국가가 어디로 가는지 뒤죽박죽입니다. 국가와 언론인들 모두 어서 겨울잠에서 깨어나야 합니다.

타 국가들이 달리고 있을 때 우리는 제자리 걸음, 정신 바짝 차리고 뛰어도 부족한데 쓸데없이 '나약한 양' 황영웅님을 물고 뜯는 언론인들은 이제라도 기본적 양심을 지키며 정신차려야 합니다.

두 분 어르신 말씀, 바른 핵심만 팩트 있게 지적해 주신 거 마음에 새기며 언론인들이여 보는 눈과 듣는 귀를 열고 이 땅에서 바른 언론으로 후대에 부끄럼 없이 존경 받는 언론인들이 되어 주시길 간곡히 바랍니다. 두 분 어르신 생명과도 같은 훌륭하신 말씀 잘 경청하며 감사드리고, 두 분 항상 건강 하십시오.

▶ 균형감각이 결여된 철부지 때 있었던 것만 보도하지 말고 그의 미담도 전해 주세요. 그의 노래를 들어보시고 그를 평가하세요. 들어보고도 비판하면 구제불능이고, 그의 노래에 그의 모든 것을 볼 수 있습디다. 숨길 수 없는 인간미를 보게 됩디다. 색안경

끼고 보지 말고 너그러움을 가지고 객관적으로 바라보세요. 당신들 생각하는 것보다 아주 많이 괜찮은 사람입니다. 기침과 사랑은 숨길 수 없는데 당신들이 생각하는 악이 아니라 사랑으로 가득 차 있는 그의 마음을 읽을 수 있습니다. 따뜻한 사랑을 담고 고급지고 기름진 목소리로 애잔하게 노래를 부르니 듣는 사람이 빠지게 됩니다. 영웅님도 자기 잘못을 인정하고 반성하고 있는 중이니 당신들도 양심을 속이지 말고 기자면 기자답게 한쪽으로 편향된 보도 하지 말고 정직하게 보도하세요. 자칭 '나는 하늘을 우러러 한 점 부끄러움이 없다'고 자부하기에 황영웅 죽이기 하고 있죠? 이 세상에 죄 없는 자는 한 사람도 없어요.

나는 왜
황영웅 사태를
보도하는가?

황영웅이라는 한 시민의 문제다

최근 필자는 두 달 넘게 '황영웅 신드롬' 또는 '황영웅 죽이기', '황영웅 살리기'에 대한 방송을 자주 해왔다. 그런데 댓글에 이런 글이 올라왔다. '조갑제 선생님은 정치부 기자인데 왜 황영웅이라는 한 가수의 이야기를 이렇게 많이 다루십니까', '다른 할 일이 많지 않습니까. 이재명 문재인을 잡아야 하는데 황영웅에게 너무 힘을 빼는 것 아니냐' 등의 충고의 댓글들이다.

필자는 기자생활 53년 동안 한국 현대사의 중요한 사건들을 많이 다뤄왔고, 관련 책도 많이 써왔다. 대개 주제가 스케일 큰 내용들이다. 등장인물도 이승만, 박정희, 전두환, 노태우, 김영삼, 김대중, 이명박, 박근혜, 문재인, 이재명, 김정일, 김정은, 트루먼, 스탈린, 모택동 등이다. 그러니 왜 갑자기 작은 사람, 황영웅을 이렇게 다루느냐는 문제제기인 듯하다.

'왜 황영웅 사태를 다루느냐'에 대한 나의 답은 이렇다. 황영웅 사태는 작은 문제가 아니다. 작은 것 같지만 큰 문제다. 기자는 큰 문제를 다룬다. 형식은 작게 보이지만 내용은 크다는 것이다.

황영웅이라는 한 가수의 문제일 뿐만 아니라, 황영웅이라는 한 시민의 문제다. '한 시민이 언론으로부터 이렇게 집단구타를 당해도 되는가', '이런 시민을 지키려는 사람은 없는가', '이런 언론을 벌주려고 하는 사람은 없는가', '이것은 대한민국 헌법이 보장하는 가장 중요한 가치인 개인의 자유를 위반하는 것 아니냐'하는 것이 기본적인 문제의식이다.

언론의 문제, 헌법위반이 상시화되고 있는 문제, 그리고 한 개인이 무방비 상태로 당하는 언론 폭력의 문제, 이 모든 것이 모두 복합적으로 들어가 있다. 그러니 큰 문제다.

민주주의 국가에서 개인의 자유가 침해당했을 때 본인도 싸워야 하지만, 그것을 지켜보는 사람들이 가만히 있으면 안 된다. 그렇게 해야 민주주의가 한 사람의 자유에서 국민 전체의 자유로 커질 수 있다.

황영웅 팬들이 진정한 민주투사

황영웅 사태는 민주주의와 독재의 대결이다. 이 경우, 독재자는 기자들이다. 언론이다. 민주투사들은 황영웅을 지키려고 애쓰는 팬들이다. 이들이 날마다 댓글을 올리고, 팬카페에 가입하고, 황영웅의 억울함을 호소하는 이런 행동이야말로 민주투사가 하는 행동이다.

민주가 뭔가? 개인의 자유를 지키는 일이다. 황영웅이라는 개인의 자유를 지키기 위해, 그 개인의 자유를 짓밟는 언론과 싸우는 황영웅 팬들이야말로 오늘날 진정한 민주투사들이고, 필자 또한 자유민주주의를 존중하는 사람으로서 이 사태를 방관할 수 없는 것이다. 반드시 이 싸움에 참여해야 하는 것이다. 침묵하면 언론 독재에 가담하는 것이 된다. 개인의 자유가 짓밟히는데 침묵할수 없는 것이다. 그러니 황영웅 옹호를 당당하게 하는 것이다. 황영웅더러 '노래 부르지 말라'고 하는 자들이 독재자들이고, 지금 필자는 민주화 투쟁 중이다.

두 번째 이유는 황영웅의 목소리가 가진 신비스러운 능력 때문이다. 그 목소리는 이미 검증된 것처럼 우리나라 현존 가수 중 최고급이라고 생각된다. 그리고 다른 가수들이 갖지 못한 치유능력이 있다. 그래서 황영웅은 소중한 존재다. 황영웅은 수많은 사람들을 위로하고 때로는 살리고, 그들이 갖고 있는 마음과 몸의 고통을 덜어주는 선한 영향력을 가진 사람이다. 선한 영향력을 가진 사람은 그 나라가 보호해야 한다. 그리고 선한 영향력을 더 발휘할 수 있도록 무대를 만들어줘야 한다. 그런데 지금 거꾸로 가고 있지 않은가.

천재는 보호 받을 권리가 있다

필자가 황영웅 보호에 앞장서는 이유는 그가 천재이기 때문이다. 천재는 보호받아야 한다. 천재는 행동이 보통사람과 다르다. 그러니 천재인 것이다. 천재를 향해 '버릇없다'든지, 중학교 때 싸움박질한 것을 트집잡아 말살하려는 사람들이야말로 문제가 있다. 과거를 약점 잡아 천재의 오늘과 미래를 망치려는 그들이야말로 폭군이다.

황영웅 목소리의 신비한 치유력, 시민 황영웅의 개인 기본권에 대한 언론의 폭력행위, 천재 황영웅에게 "평생 노래 부르지 말라", 이건 도저히 용서할 수 없다. 이런 언론이 한국 사회를 지배하게 된다면 한국은 그야말로 공산주의 세상으로 가는 것이다. 더구나 천재를 이렇게 하대하고 마구잡이로 짓밟는 것을 허용한다면, 이런 언론 때문에 한국은 메마른 사회, 문화와 예술과 자유로운 사상이 결핍되는 야만으로 돌아가게 될 것이다. 이를 막기 위해, 한 기자로서 한 시민으로서 싸우고 있다.

기자생활 50년 동안 견지해 온 신념은 '사실이 신념보다 중요하다', '모든 문제는 사실관계가 명쾌해지면 저절로 해결되는 수가 있다'는 것이다. 필자의 황영웅 보도는 그동안의 이런 신념과도 일치하고, 무엇보다 개인의 자유를 존중해야 한다는 대한민국 헌법의 제1 가치관과도 부합하는 행동이다.

황영웅 사태는 결코 단순하거나 작은 것이 아니다. 황영웅이 마음껏 노래할 수 있는 분위기와 그런 나라를 만드는 것은, 대한민국의 헌법적 가치인 자유민주주의가 꽃피는, 그리하여 모든 국민들이 자기가 가진 재량을 마음껏 발휘할 수 있는 일류국가로 가는 길을 여는 일이다. (2023년 6월5일)

아내에게 바치는
노래

세상 떠난 남편이 불러주던 노래

2023년 7월15일 조갑제TV 동영상엔 황영웅이 불러 공개한 '아내에게
바치는 노래(하수영 원곡)'에 대한 사연이 업로드되었다. 황영웅이 부르
면 전혀 새로운 감성을 띠는 노래가 되는데 이 곡도 예외가 아니었다. 이
노래는 조운파 작사가가 어머니를 생각하며 썼고, 임종수 작곡가는 아
내를 생각하며 곡을 지었다고 한다. '아내에게 바치는 노래'는 1976년에
나온 노래인데 하수영 가수는 다음해 교통사고를 만나 활동을 중단했고
1981년에 뇌출혈로 사망했다. 향년 34세였다.

▶ 이/선생님 오늘도 감사 인사 올립니다. 1970~1980년대에 '아내에게 바치는 노래'가 크게 유행했었고 저도 즐겨 들었었는데 우리 영웅님이 부르는 아내에게 바치는 노래는 그 전과 달리 눈물이 저절로 나면서 푹 빠졌어요. 듣고 또 들어도 또 듣고 싶고 머릿속에서 계속 맴돕니다. 어느 누구도 흉내낼 수 없는 영혼을 울리는 천상의 목소리 천재 가수임이 맞습니다. 우리 황영웅님 고맙고 사랑합니다. 가슴을 울리는 노래로 마음에 위안을 주고 행복하게 해줘서요.

▶ 조갑제 선생님 최고십니다. 황영웅 가수에게 노래 부르지 말라고 하는 사람들 별명은 김정은? 선생님 최고십니다. 속이 다 후련하네요. 감사합니다. 황영웅 가수를 사랑하는 할매 팬입니다.

▶ 반석/첫 소절 툭 튀어 나오면서 가슴이 짜르르 온몸에 전율이 느껴지더라구요. 수없이 반복해서 들어도 들을 때마다 새로운 감동과 깊이를 느낄 수 있는 황영웅 가수님 노래는 어떤 노래를 불러도 가사 그 자체를 새기며 마음과 혼신을 다해 부르는 모습에서 황영웅 가수의 착한 마음과 아름다운 영혼을 가지고 있다는 것을 알 수 있습니다. 그러기에 응원을 멈출 수 없습니다.

▶ 순옥/선생님 감사합니다. 얼마 전 뇌경색으로 요양병원에 입

원 중이던 저의 남편이 세상을 떠났습니다. 황영웅님이 부른 '아내에게 바치는 노래'는 얼마 전 세상 떠난 남편이 저에게 불러준 노래였는데 갑자기 남편이 생각나고 보고싶고 그리움이 더해 가네요. 황영웅님 고맙습니다. 보고싶네요.

▶ 임영웅님의 노래는 인공폭포라면 황영웅님의 노래는 자연폭포입니다.

▶ 순희/우리 황영웅 가수님 노래 정말 기가 막힙니다. 애잔하기도 하고 감미롭기도 하고 깊이가 말할 수 없을 정도로 깊디 깊습니다. 들어도 들어도 또 듣고 싶은 마력의 소유자인 우리 가수님 저희에게 와 주셔서 정말 감사합니다.

▶ 수성/예전에 하수영 가수에게 감동받고는 잊어 버리고 있었는데 젊은 나이에 별세하셨다니 마음이 찡합니다. 지금 뜻하지 않게 영웅의 노래로 들으니 이게 뭐야? 놀랐죠. 새로운 감동이 밀려 옵니다. 젊은 시절 요절한 하수영 가수의 명복을 늦게라도 빕니다.

▶ 그 옛날 하수영님이 부르셨던 이 노래 인기가 많았지요. 아마 남편들이 노래방에서 아내들에게 많이 불러줬다고 들었습니

다. 안타깝게도 하수영님은 젊은 나이에 세상을 떠나셔서 많은 팬들이 눈물을 흘렸습니다. 생각지도 못하고 있는 터에 영웅님 음성으로 이 노래를 들으니 예전 감정이 살아나서 흐르는 눈물을 멈출수 없었습니다. 하루종일 듣고 또 듣고… 과연 우리 영웅님은 음악 치유사가 맞습니다. 예전에는 느끼지 못했던 감성을 느끼며 하염없이 울고 있는 내 자신이 위로받기 위해서 계속 들었습니다.

▶ 수기/한진희, 정소녀가 출연했고 영화로도 만들어진 '아내에게 바치는 노래'입니다. 정소녀가 병든 시아버지와 시어머니(도금봉)로부터 혹독한 시집살이를 하다가 병이 들어 마지막 남해대교 여행을 가서 꽃을 꺾다가 쓰러져 죽을 때 눈물을 바가지로 흘렸던 생각이 나네요. 황영웅 가수님 노래 들으면서 다시 회상이 되어 눈물이 납니다.

▶ 큰곰/요즘 선생님이 읽어주시는 댓글 듣고 감동과 반성 깨달음 등 힐링의 시간이 되었습니다. 오염된 제 눈과 귀를 민들레 홀씨 회원님들의 글로 정화하고 있습니다. 영웅님으로 인해 이런 호사를 누리게 된 것 같아 감사하는 마음입니다. 노래 정말 심금을 울립니다.

한 여성이
정성을 다해 쓴
황영웅 변론문

어린 시절 방황을 품을 수 있는 관용이
위대한 음악가를 만든다

2023년 7월13일 서울에 사는 한 여성이 보내온 황영웅 변론문은 어떤 법률가가 쓴 글보다 설득력이 있었다. 문학적인 표현과 철학적인 고심(苦心)이 담긴 글에 감동했다. 한 대중가수를 매개로 하여 이런 글을 접하게 되었다고 생각하니 황영웅이 고맙게 생각되었다. 전문(全文)을 소개한다.

조갑제 대기자님, 기억하실는지 모르겠지만 서울 종로구 내수동에 살고 있는 헬렌 리(Helen Lee)라고 합니다. 몇 년 전, 내수동

성당 가는 길에 있는 초콜릿 숍(카페)에서 대기자님을 마주쳐 말씀 나눈 적이 세 번 있습니다.

제가 영국서 오래 공부한 관계로, 영국의 사회보장제도 중에서 의료제도에 대해 조금 말씀드린 적(부정적 의견)이 있었는데 유튜브에서 저에 대한 말씀을 하셔서 놀랍기도 하고 재미있게 들었습니다! 마지막 뵌 것은 2019년 3~4월경이라고 생각되네요.

댓글로 쓰기에는 너무 길어서 이메일로 요번 황영웅 사건에 대한 제 느낌을 적어보았습니다. 저도 황영웅 같은 20대들을 가르쳐 보았고, 황영웅 나이에 세운 꿈을 좇아 지금 미들 에이지가 된 나이에도 고군분투하고 있고, 또 이 사회의 구성원으로서 이 사건을 보며 느끼는 감정들이 복합적입니다.

모두들 외면하는 상황에서 대기자님께서 바른 말씀 해주실 때마다 너무 공감되는 부분이 많았고, 댓글들을 무척 반겨 읽으시는 것을 보고 그간 느껴온 제 생각도 공유드리고 싶은 차원에서 이렇게 글을 드리게 되었습니다.

조갑제TV를 통해 듣게 된 황영웅 목소리, 정말 놀라웠다

높은 목소리, 지르는 목소리, 된 목소리에 심하게 예민해서, 트로트는커녕 성악이나 가곡 등 웬만한 노래에도 전혀 관심이 없던 저는 미스터 트롯이나 불타는 트롯맨이 뭔지도 모르고 있었습니다. 그런데 정치 이슈에 대해 들으려고 들렸던 조갑제TV에서 황영웅 가수 사건이 마녀사냥이라고 나오는 것을 보고 황영웅 가수의 불트 노래를 찾아 보게 되었습니다.

학폭의혹 등 그에 대해 나쁜 기사가 많이 떠 있길래, 정말 그런 사람이라면 단기간에 이 사람 저 사람 요령껏 모창하여 노래를 부르는 게 아닐까 하여 원곡자 또는 다른 가수들과 비교 분석해 보다가 "놀랍다. 천재구나!"라는 생각이 저절로 들었습니다.

힘차면서도 부드러운 중저음으로 음 빛깔과 호흡을 마치 첼로의 현 위를 오가듯이 조화롭게, 자유자재로 조절해 가며, 깊은 몰입 속에서 혼신(渾身)을 다하여 부르는 노래가 놀라웠습니다. 천부적으로 타고난 매력적인 목소리, 현악기나 피아노를 했어도 대단했겠다 싶을 정도로 뛰어난 곡 해석력, 발군(拔群)의 감수성과 미적(美的) 감각, 정교하게 구사하는 테크닉과 진지함이 타의 추종을 불허했습니다.

6년간의 공장 생활 끝에 마침내 그토록 반대하던 부친의 허락을 받고 얻은 기회여서인지, 마치 가뭄 뒤에 해갈하듯 배움을 스펀지처럼 흡수, 비약적 발전을 이루어 지금에 이른 것을 알게 되었고, 이 또한 경이로웠습니다.

여하튼, 노래가 이처럼 사람의 마음을 움직일 수 있는 것인지를 알게 되고 노래라는 장르 자체에 대해 인식을 완전히, 완전히 달리 하게 되었습니다.

청소년기 방황조차
용납할 수 없는 사회인가?

대기자님도 지적하셨듯이 이번 황영웅 사태는 우리 사회의 여러 단면이 복합적으로 반영된 종합세트라고 생각됩니다.

제가 첫 번째 느낀 것은, 교육시스템과 관련한 매우 근본적인 것이라 그 실타래를 풀기가 힘든 문제이긴 한데 여하튼 딱 드는 생각은, '저런 사람이 노래를 안 불렀으면 어떻게 되었을까. 어떻게 그동안 저런 끼를 참고 있었으며, 저런 종류의 거대한 잠재적 에너지를 가지고 책상머리에 차분히 앉아 공부만 하려니 얼마나 적응이 힘들었을까', '이런 재능을 갖고도 학교 교육에 적응을 못 하면 낙오하는 것이구나'라는 것이었습니다. 어쩌면, 황영웅의 청소년기의 방황과 그의 재능은, 제대로 된 가이드라인이 없었던 상태에서, 적지 않은 부분이 동전의 양면일 수도 있겠다는 생각마저 들었습니다.

두 번째, 언론의 마녀사냥과 인터넷 시대 익명 뒤에 숨은 여론재판에 대한 것입니다.

수 년 전부터 여러 종류의 이해관계에 따른, 언론매체에 의한 마녀사냥이 시작되고 여기에 댓글까지 합세해서 불나방떼 몰려들 듯 달려들어, 있는 이야기 없는 이야기 뿜어대며 가공의 산을 만들고, 이리 떼가 훑고 지나가듯 한 개인을 초토화, 황폐화시키는 일들이 비일비재하게 진행되어 왔습니다. 이러한 현상은 지난번 박근혜 전 대통령 탄핵 사건 때에 절정에 달했습니다.

이러한 언론매체들에 대한 문제점 지적은 대기자님이 이미 여러 번 말씀해 주셔서 이만 이 정도로 줄이고, 기자님께서 말씀하신 바와 같이, 처음에는 '학폭의혹'이라고 한 것이 슬며시 '학폭'으로 되고 어느덧 마치 황영웅 가수가 '학폭'을 저지른 것이 기정사실같이 되었습니다. 처음에는 특정 언론이나 유튜버들이 선동했다고 하더라도 결국 광장의 여론이 형성되는 마지막 단계는 댓글과 찬반 클릭인데요, 그만큼 이들의 간단한 손동작이 엄청난 무게를 갖는다는 것입니다.

황영웅 '학폭'은 없다!

제가 이 글에서 언급하고 싶은 점은, 많은 댓글러들이나 찬반 클릭하는 대중들 중의 일부가, 이 사건에 대한 충분한 조사나 숙고(熟考)를 거치지 않은 채, 황영웅 가수의 '학폭' 징계 이력

기다린 날이 왔어요! - 엄마들이 눈물로 지켜낸 가수 황영웅 이야기

이 없는데도 불구하고, 그가 '학폭'했다고 착각하거나, 지레 겁을 먹고 "'학폭'한 사람은 절대 안 된다! 내 아이들이 앞으로 '학폭' 당하지 않게 하려면 황영웅 같은 케이스에서 일벌백계 해야 한다"는 의견들을 가지고 있는데, 그런 걱정도 일리는 있습니다만 거기에는 큰 맹점이 있다는 점입니다. 이런 견해를 가진 분들에게 간곡히 말씀드리고 싶습니다.

한자어 學暴의 풀이는 學校暴力이라는 점에서 학폭은 학교폭력이고 황영웅 가수가 학생 시절에 다소 폭력적인 행동을 보인 적들이 있다는 점에서 그것을 학교폭력, 즉 학폭이라고 생각하는 분들도 있겠지만, 그것은 요즘 언론에서 말하는 "학폭을 저질렀다"고 하는 것과는 구별되는 것입니다.

언론에서 문제 삼고 있는 '학폭'은 일종의, 전문화된 용어라고 할 수 있습니다. 요즘의 소위 '학폭'은 좀더 의도적이고 집요하게, 타깃이 된 학생을 지능적인 방법으로 심하게 괴롭히는 등, 예전에 힘센 학생들이 오다 가다 다수에게 주먹다짐하는 종류와는 또 다른 양상을 띠고 있는 것 같습니다.

어느 정도 경계까지를 기준으로 요즘 문제시되고 있는 '학폭'의 성립 여부를 가릴 것인가에 대해서는 숫자 다루듯이 명확하게 규정하기 힘든 상황에서, 현재까지는, 학생이 심각한 언어적, 육체적 폭력으로 상대 학생에게 씻을 수 없는 커다란 피해를 준 행동으로 '징계' 등을 받아 기록에 남은 경우를 "학폭을 저질렀다"고

대체로 말하고 있는 것 같습니다.

실제로 특정 상대를 대상으로 큰 사건을 저질러서 상대를 집요하게 나락으로 빠뜨린 정도의 죄질이 아닌 한, 그리고 '학폭'으로 징계받은 적이 없고, 그것도 십 수년 전 청소년기의 일로, 익명 제보에 의해서 그리고 한편의 말만 들은 채, 특정 매체들에게 여론 몰이되어, 일벌백계 차원에서 싹을 자른다는 식으로 한 가수 지망생을 몰아내고 나오지 못하게 압력을 가하는 것은 그 자체로 이미 법과 제도의 테두리를 넘어서는 일입니다.

법제하의 재판에서조차, 죄가 거의 확실한 사람들에게도 증거가 없다는 이유로 종종 무죄판결이 내려질 수밖에 없는 것은 추후로도 억울하게 누명을 쓰는 사람들이 생기는 것을 방지하기 위한 자유민주주의의 제도적 장치로 인한 것입니다.

사회 문제가 되고 있는 소위 말하는 '학폭'에 대해서는 말단 지엽적, 일벌백계식의 소극적 방편을 넘어서서 근본적인 해결책들을 따로 지속적으로 광범위하게 마련해 나가야 할 것입니다.

어린 시절 방황과 일탈,
노래로 갚을 수 있게 해야

가수의 도태와 생존은 오로지 인기에 달려 있는 것입니다.

경제학자 아담 스미스가 국부론에서 언급한 '보이지 않는 손'의 비유에서처럼 시장(market), 즉 인격까지도 포함한 황영웅이라는 사람 자체와 그의 노래에 대한 대중의 자연스러운 인식과 평가에 맡겨두면 될 일입니다.

여론몰이를 통한 일벌백계식 문제 해결 방식에는 사회적 부담이 안 따른다고 생각하면 큰 오산입니다. 인터넷을 통한 이러한 일방적, 익명성의 여론 재판이 앞으로 더욱 습관화되어서 사회적 리스크가 큰 여타 정치, 사회, 경제적 문제에까지도 마구잡이로 적용되게 되면 심각한 혼란을 불러일으킬 것입니다.

사실 근래 이미 그런 여론 재판들이 수없이 벌어져서 큰 사회적 혼란과 엄청난 비용을 지불하였지 않았습니까. 이런 식이라면 한 나라의 근간인 법과 제도는 왜 만들어 놓았는가 질문하지 않을 수 없습니다. 인터넷 시대에는 아날로그 시대에는 없었던 커다란 위험부담이 그 편의 만큼이나 반대 급부로 존재합니다. 그러한 위험 부담적 측면을 법과 제도가 제대로 커버하지 못하고 있습니다만 그 공백에 그 사회의 구성원들이 어떻게 대처하는가가 사회의 추후 향방에 너무나도 중요하다는 것입니다. '빈대 잡으려다 초가삼간 태운다', '선무당이 사람 잡는다', 그런 옛 속담들이 괜히 있는 것이 아닐 것입니다.

그러나, 여하튼 논란이 이미 이렇게 점화된 이 시점에서 볼 때, 그 해결은 칼로 무 자르듯이 해서 되는 것만은 아니라고 느껴집니다. 승자와 패자로 나누는 제로섬 전략, 또는 이분법적 흑백 논리에만 집착해서는 안 될 것 같다는 생각입니다.

일탈이 없었더라면 좋았겠지만, 이렇게 뒤늦게라도 자기 재능을 살려 넓은 세상에 나와 인정을 받고 노래로 사람들에게 기쁨을 주는 훌륭한 일을 하면서, 어린 시절 몰랐던 때의 방황과 짧았던 생각들을 돌아보고 그때 피해를 준 친구들이 있다면 진심으로 용서를 구하여 서로의 마음을 풀고 함께 성장해 나가며, 예전의 자기와 같은 상황에 있는, 방황하는 많은 아이들에게 어려움을 극복한 선배로서 깊이 있고 뼈있는 인생 조언을 해주는 사람이 오히려 이 사회에는 훨씬 필요하고 그 긍정적인 파급 효과가 한결 클 수 있다는 생각을 해볼 필요가 있습니다.

나치 장교가 살린 위대한 음악가 이야기, 영화 '더 피아니스트'

그래도 반드시 황영웅 가수를 방송에, 대중 앞에 못 나오게 해야 한다면 두 가지 이야기를 드리고 싶습니다.

하나는, 제 초등학교 시절 친구 이야기입니다. 외모가 빼어난, 무결점의 그 친구는 수업 시간에 필기를 할 때 빨강, 파랑 각종 색색 가지 펜을 사용해서 노트를 자기 모습처럼 깔끔하게 정리했습니다. 그런데 단 한 글자라도 잘못되면, 그 페이지를 과감하게 북 찢어내어 폐기, 책상 밑에 버렸습니다. 결과적으로 그 친구와 짝인 저는 수북이 쌓인, 찢어버린 쓰레기 더미 위에 꼼짝 달싹할 수 없이 올라 앉아 하루 수업을 끝내곤 했습니다만 정작, 그 단정한 노트는 학업이라는 결과로 연결되지는 못했습니다.

노트 필기는 결국은 공부하기 위한 것이었는데 공부에는 별 관심이 없고 깔끔하게 관리하는 그 자체에만 집착했던 거였습니다. 전체 흐름이 아닌 단면에만 관심을 기울였기에 일어난 일이 아닌가 생각됩니다.

또 한 가지는, 로만 폴란스키 감독의 '더 피아니스트'라는 제목의 영화 이야기입니다. 제2차 세계대전 중, 폴란드의 바르샤바에서 이야기는 시작됩니다. 나치의 홀로코스트 와중에 이를 피해 도주하여 가족 중 유일하게 살아남은 유태계 폴란드 젊은이의 1939년에서 1945년에 걸친 이야기인데요, 이 영화 초반에 게토라고 하는 유태인 강제 거주 지역에 몰아 넣어진 유태인들이 식량이 부족해서 굶어 죽어가는 와중에 길거리에서 어떤 유태인 남자가 다른 유태인, 그것도 연로하고 허리가 구부러진 할머니가 가까스로 구해서 들고 지나가는 수프 그릇을 손으로 쳐서 땅에 떨어뜨리고는 그 바닥에 엎질러진 수프를 엎드려서 게걸스럽게 흡입하는 장면이 잊혀지지 않습니다.

여하튼, 다른 영화들과는 달리, 드라마틱한 요소보다는, 맞닥

뜨려 보지 못한 사람들 외에는 알 수 없는 당시의 현실을 가감없이 당시에 일어난 대로 영화에 담아내고자 했습니다.

그런데 말씀드리려는 요점은, 이 영화의 주인공이 유태인 피아니스트였는데 아슬아슬하게 도망 다니다가 마지막으로 폐허가 된 어느 건물에 몸을 숨기고 그곳을 독일군 장교가 순찰하게 되면서 일어난 사건에 대해서입니다. 몇날 며칠간의 허기로 인해 아사 직전에 이른 피아니스트는 은신 장소에서 빠져나와 건물을 돌아다니며 필사적으로 음식을 찾습니다. 마침내 발견한 통조림이 굴러 떨어져 이를 주우려 하는 순간 순찰 중이던 그 대위와 딱 마주치게 됩니다. 대위가 묻습니다. "뭐하는 사람이요?" 그는 피아니스트라고 대답합니다. 그러자 대위는 옆의 피아노를 가리키며 쳐보라고 합니다. 그때 그가 허기와 죽음의 공포에 떨면서 마지막 남은 혼신의 힘을 다해서 연주한 곡이 쇼팽 발라드 1번.

깊은 가을밤, 푸르스름 달빛이 바람에 출렁이는 도도한 강 물결에 시시각각 부딪혀 부서져 나가는 듯한, 그 슬픈 듯, 무심한 듯하면서도, 맑고 장중한 울림.

그 전체주의 나치 정권의 독일군 대위는 극비리에 이 유태인 피아니스트를 살려 줍니다. 리스크를 무릅쓰면서 전쟁 와중에 군법까지도 과감히 뛰어 넘어서 말입니다! 오히려 음식을 구해다가 피아니스트가 숨어 있는 곳에 넣어주고, 마지막으로 떠날 때는 추위를 피하라고 자기의 코트까지 벗어주고 갑니다.

이것은 모두 진짜 일어났던 일들입니다. 독일 패전 후, 피아니스트의 구명운동에도 불구하고 독일군 장교는 소련의 포로수용소에서 길지 않은 생을 마감하게 됩니다만 그의 덕택에 젊은 피아니스트는 살아남아 주옥같은 작곡들과 아름다운 연주로 수많은 사람들에게 깊은 감동과 울림을 주게 됩니다. 또한, 당대의 뛰어난 동료 음악가들과 함께 조국 폴란드를 가히 음악의 나라로 만드는 데 훌륭한 역할을 하게 됩니다.

뿐만 아니라, 목숨을 부지할 수 있었던 덕택에 처절했던 나치 치하의 경험에 대한 회고록을 남길 수 있었는데, 이 영화 '더 피아니스트'는 바로 그 기록에 기반해 제작된 것입니다. 칸 영화제(2002)에서 황금 종려상을 수상한 이 영화는, 그 독일군 장교 이야기는 물론, 피아니스트가 몸소 체험한 실상을 담담하게 세상에 널리 알리며 큰 반향과 성찰을 불러일으키게 됩니다. 피아니스트의 이름은 블라디슬로프 스필만(1911~2000)입니다.

스필만의 이 회고록은 대답하기 난해한 많은 인간적, 사회적, 철학적 화두들을 허공에 사무치게 메아리 치도록 던져놓았습니다.

자유민주주의 체제 내에서 우리에겐 법적으로 윤리적으로, 황영웅이라는 가수, 그리고 그의 노래가 좋다, 싫다 할 권리는 있어도 그에게 노래를 부르라, 마라 압박할 권리는 없습니다. 대중 앞에 나오라, 나오지 말라 압박할 권리도 없습니다.

제 생각에는, 황영웅에 대한 일방적인 여론 재판에 염려를 표하는 사람들 마음의 많은 부분을 "아둔한 팬심"이 아닌 "통찰(洞察)"이라는 관점에서 읽어야 한다고 느껴집니다.

기다린 날이 왔어요! - 엄마들이 눈물로 지켜낸 가수 황영웅 이야기

"한국어가 이렇게 아름다울 수 있다니"

"나도 날고 싶어"

황영웅이 2023년 여름에 공개한 '비상(飛上)'은 원래 임재범이 불렀던 노래인데 가사가 황영웅이 처한 상황을 그대로 드러냈다.

누구나 한 번쯤은

자기만의 세계로

빠져들게 되는 순간이 있지

그렇지만 나는 제자리로

오지 못했어

되돌아 나오는 길을 모르니
너무 많은 생각과
너무 많은 걱정에
온통 내 자신을 가둬두었지
이젠 이런 내 모습
나조차 불안해 보여
어디부터 시작할지 몰라서
나도 세상에 나가고 싶어
당당히 내 꿈들을 보여줘야 해
그토록 오랫동안 움츠렸던 날개
하늘로 더 넓게
펼쳐 보이며 날고 싶어

감당할 수 없어서 버려둔 그 모든 건
나를 기다리지 않고 떠났지
그렇게 많은 걸 잃었지만
후회는 없어
그래서 더 멀리 갈 수 있다면
상처 받는 것보단
혼자를 택한 거지
고독이 꼭 나쁜 것은 아니야

외로움은 나에게 누구도 말하지

않을 소중한 걸

깨닫게 했으니까

이젠 세상에 나갈 수 있어

당당히 내 꿈들을 보여줄 거야

그토록 오랫동안 움츠렸던 날개

하늘로 더 넓게 펼쳐 보이며

다시 새롭게 시작할 거야

더 이상 아무것도 피하지 않아

이 세상 견뎌낼 그 힘이 돼줄 거야

힘겨웠던 방황은

"제 가슴이 무너졌습니다"

▶ 오늘 '비상'이란 노래를 듣는데 가사가 처음부터 끝까지 영웅님 심정을 말해 주고 있네요. '나도 세상에 나가고 싶어, 날고 싶어' 이 가사에 제 가슴이 무너져습니다. 지금까지도 눈물이 멈추지 않고 엉엉 울고 있습니다. 세상에 나와서 노래 부르고 싶은 심정을 노래로 두 주먹 불끈 쥐며 처절하게 울부짖으며 부르는 모습 보니 가슴이 찢어집니다. 이○○, MBC 언론들 그렇게 두들겨

패더니 너무 아파 울부짖는 모습 보니 마음이 편하니? 못된 것들. 영웅님 더 이상 움츠리지 말고 날개를 펴고 당당하게 나와서 꿈을 펼치세요. 이제 혼자 힘들어 하지 말고 고통도 눈물도 나누어요. 우리가 있잖아요. 힘든 시간 잘 견뎌줘서 고맙고 끝까지 힘이 되어 줄게요. 사랑하고 축복합니다.

▶ 경희/영웅님 팬분들은 어쩌면 모두가 글의 표현력이 대단한 것 같습니다. 이러한 분들을 아둔한 팬심이라고 비하 발언했던 모 기자, 그 교만의 극치에 분노가 느껴지네요. 별 기대없이 들었는데 노래를 듣자마자 울고 또 울었습니다. 지금까지 노래를 듣고 울어본 건 우리 영웅님 노래밖에 없었어요. 가슴 절절히 그 아픔이 느껴졌어요. 영웅님은 우리 대한민국 가요계에 있어 전무후무한 독보적 가치를 지닌 분이십니다. 영웅님! 힘내세요. 파이팅~

▶ J/황영웅님은 명곡 제조기입니다. 어려운 락 발라드를 이렇게 공감되게 하는 가수가 몇이나 될까요? 가사 한 자 한 자 가슴 절절히 전해 오는 감동으로 눈물이 저절로 흐르네요. 힘든 만큼 성숙해져서 더 큰 그릇이 되어 선한 영향력으로 세상을 밝게 빛내줄 스타임에 틀림 없습니다. 감사합니다.

▶ 노래가 아닌 이야기를 듣는 것 같습니다. 황영웅 가수의 이

야기와 듣는 제 마음이 하나가 되어 공감이 가고 저도 모르게 눈물이 납니다. 제 인생을 돌아보고 삶의 질곡을 떠올리면서 저 자신을 위로합니다. '비상'은 가사가 철학적이라 인생을 살아낸 사람들의 깊이만큼 느껴지는 것 같습니다.

　황영웅 가수가 정말 잘되기를 바랍니다. 그의 마음을 담아 부른 노래같아 더 절절합니다. 이제 자숙이 아닌 자유의 세상 속으로 비상하길 진심으로 응원합니다.

　▶ 눈물이 납니다. 황영웅 '비상' 노래가 눈물 나게 합니다. 지금 황영웅이 신적 존재가 되었습니다. 참 신비하고 신기한 일입니다. 어떻게 이렇게 많은 팬들이 황영웅한테 열광하는지 너무 너무 신기하고 신비스럽기까지 합니다. 황영웅은 대가수로 거듭날 것입니다. 대가수로 높이높이 날아 오를 것입니다.

　▶ 40여 년을 살아오면서 이렇게 간절히 가수를 내 자식보다 더 응원하고 마음 아파본 적이 없습니다만 다행히 굳건한 마음으로 새롭게 시작을 한다고 하니 삼일째 위가 아파서 죽만 먹고 지내다가 오늘 하루 종일 '비상' 듣고 아픔도 사라지고 힘이 나네요. 내 건강 잘 챙겨야 콘서트에 갈 수 있을 테니 매운 거 안 먹으면 밥 먹기 싫지만 이젠 매운 거 안 먹을 수 있습니다. 황영웅 가수님, 조 영웅님께서도 건강하세요.

▶ 선생님! 오늘 종일 듣고 들어도 그냥 가슴이 먹먹합니다. 영웅님의 자서전을 짧고도 간결하게 읊는 것 같습니다. 더 이상 설명이 필요치 않습니다. 이제는 높이 飛上하십시오~~~

▶ 소소/1절은 피아노 베이스로 심경을 담았고, 2절과 후렴은 비상하고픈 마음을 묵묵히 절제된 음색으로 표현했는데 이 노래는 트로트가 아닌 발라드에 가까운 노래인데 전혀 임재범이 떠오르지 않고 자기화하는 능력은 최고입니다. 저음도 고음도 전혀 감정에 치우치지 않는 몰입감 최고.

▶ 영미/어르신 정말정말 감사합니다. 마지막 소절에 "힘겨웠던"을 3번 외치는데 폭풍 눈물이 나서 소리내서 울었어요. 그 감정 그 마음 다 알 거 같아서요. 일을 하면서도 순간순간 눈물이 나서 힘들었네요. 젊은 청년가수의 꿈, 꼭 비상할 겁니다. 다시 한번 어르신 감사합니다. 고맙습니다.

▶ 롱/조갑제 선생님 또 기쁜 소식 전해 주셔서 감사합니다. 천재가수 황영웅님의 '비상' 노래를 듣는 순간 그 가사가 어쩌면 그렇게도 현실과 딱 맞게 영웅님의 마음속 깊은 곳에까지 파고들어 영혼을 깨우쳐주고 머지않아 하늘 높이 날아오를 힘을 실어 주고 있는지… 들을수록 신비롭고 너무나 기쁜 나머지 뜨거운 눈물이

기다린 날이 왔어요! - 엄마들이 눈물로 지켜낸 가수 황영웅 이야기

그치지 않습니다. 천재가수가 오늘날에 이런 고난을 겪게 되리라는 것을 알고 벌써 20여 년 전에 이 가사를 영웅님의 앞길에 깔아주신 것이 아니겠습니까! 천재가수 황영웅님은 하늘이 돌보고 지켜주시니 두려울 게 없습니다. 눈이 있어도 천재가수를 알아보지 못하는 무지하고 고약한 자들은 앞을 가로막지 말고 저리들 비켜라!

▶ 어쩜 이리 맘 고생한 인생 스토리를 담아 절절하면서 부드럽고 유연하게 부르는지 맘이 녹아 내려요. 정말 천재가수예요. 타가수가 부른 비상을 들으면 소리를 지르고 악을 쓰듯이 하는데, 영웅님은 너무 감동과 감탄입니다. 노래 듣고 통곡을 했어요. 나쁜 맘 먹지 않고 잘 견디어줘 고맙다고~~ 이젠 하늘 끝까지 비상해 힘든 사람의 위로와 희망이 되는 좋은 노래 맘껏 부르기를 응원해요. 조갑제 선생님 일편단심 응원해 주셔서 감사합니다.

▶ 선생님 더운 날씨에도 수고 많으십니다. 황영웅님 변함없이 응원합니다. 하지만 황영웅님을 응원하며 상처 또한 받기도 합니다. 요즘 많이 배우고 똑똑한 사람들 많고 지성인들이라고 말하는 세상이지만 악플을 읽어 보니 악마들이 참 많더군요. 배 고프고 없던 시절엔 인정이 넘쳤다면 요즘 현실은 너무 냉정합니다. 음악을 좋아해서 클래식 현악 등등 들으며 마음을 정화시켜 봅니다.

그러나 우리 황영웅님 노래처럼 마음을 울리는 장르는 없습니다. 그저 좋구나 정도지요. 황영웅님의 노래는 중독성이 있습니다. 들어도 또 듣고 싶은 목소리는 나를 위로해 주고 마음을 달래주는 듯한 그 목소리에 빠져들지요. 선생님 방송이 있어서 참 의지가 됩니다. 이렇게 댓글로 제 마음 일부를 하소연하듯 쓸 수 있으니까요. 마음의 상처는 그 누구도 치료해 주지 못합니다. 내 스스로 황영웅님 노래 들어가며 달래봅니다.

최고의 찬사,
"황영웅은 한국어를 아름답게 만든 사람"

나는 유튜브/조단조단(컴퓨터 프로그래머 출신)에서, 70대로 보이는 조단조단 선생의 유명 가요 분석 평가를 즐겨 본다. 노래를 틀어주고 악보를 기준으로 하여 잘잘못을 지적하는데 기술자 출신의 냉철한 분석이 전문가 수준이다. 자신이 노래도 불러가면서 설명하니 귀에 쏙쏙 들어온다. 노래 실력 향상에 좋은 유튜브이다. 진미령의 '미운 사랑'을 임영웅, 황영웅 두 사람이 불렀는데 이렇게 평했다.

▶ 임영웅: 뭉개는 데도 있지만 거의 완벽하다. 부드러움 속에

파워가 있다. 목에서 힘을 빼면 이렇게 잘 부르게 된다. 가사는 '너와 난'인데 '너와 나아안'이라 부르는 게 흠이라면 흠이다.

▶ 황영웅: 그도 '너와 나아안'이라 불렀는데, 그밖에는 거의 완벽하다. 발음이 좋고 성량이 풍부하다. 부드러우면서도 파워가 있다. 대단하다. ㄹ은 배호가, ㅅ은 나훈아가, ㅁ은 황영웅 발성이 최고이다. 독보적, 타의 추종 불허, 뭔가 다르다. 엄청나다.

이미자의 '여자의 일생'을 부른 황영웅과 안성훈 비교 평가에선 황영웅에게 손을 들어주었다.

▶ 황영웅: 노래의 콘셉트를 제대로 살렸다. 이 노래는 감정적으로 부르지 말고 무심하게 무덤덤하게 불러야 감동을 주는데 그렇게 불렀다. 차분하게 설득하는 느낌이다. 강약을 잘 살렸다. 노래를 잘한다기보다 가슴에 은근히 파고드는 표현하기 어려운 뭔가가 있다.

▶ 안성훈: 노래의 콘셉트를 잘못 잡아 노래는 잘하는데 느낌이 없다. 강약을 못 살렸다. 노래 전체의 판세를 읽지 못하고 단편적으로 몰입하여 감정과대 현상이다. 이 노래는 담백하고 건조하게 불러야 한다.

하수영의 '아내에게 바치는 노래'를 부른 임영웅과 황영웅 비교 평가 요지는 이렇다.

▶ 황영웅: 중저음이 좋고 성량이 풍부하다. 고음으로 질러대는 시대에 특이한 가수이다. 중저음의 매력을 살리는 새로운 시대를 열었다. 저음의 파워가 대단하다. 저음 내기는 고음 내기보다 더 힘이 든다. 탁월한 재능이다.

▶ 임영웅: 고음을 부드럽게 파워풀하게 처리, 편안하게 들린다. 음정 박자 완벽하다. 내공이 대단하다. 교과서적이다. 황영웅·임영웅 두 사람은 발성 교과서이다.

조단조단 선생은 '백년의 약속'을 부른 황영웅 김호중 박서진 노래를 비교, 분석했다. 황영웅에 대해선 칭찬이 많았고, 김호중에 대해선 잘 부르는데 성실성이 부족하다고 했으며, 박서진에 대해선 문제가 있다고 했다. 그는 노래 평가의 기준을 악보로 삼는다. 작곡가가 고심하여 만든 악보대로 정확하게 부르는 것이 잘 부르는 노래란 이야기이다. 기교나 변칙에 비판적인 것은 그렇게 부르면 작곡가의 뜻에서 이탈, 노래의 맛이 간다는 이유에서다.

'빈지게'를 부른 임영웅과 황영웅을 비교할 때는 공통적으로 "박자, 음정, 강약, 발성이 좋고 고음이 우아하고 힘이 있으면서도 편하게 들린다"고 극찬을 했다. 부드럽고 자연스러우며 편하게 들린다, 대단하다, 훌륭하다, 완벽하다 등등.

그는 특히 황영웅의 목소리에 대해 마력이 있다는 표현을 했다.

"황영웅 노래를 들으면, '우리 말이 이렇게 아름답구나' 하는 걸 느낍니다. 뭔가 촉촉하게 가슴을 적셔주는 목소리는 말로 다 표현할 수 없는데, 사람을 끌어당기는 마력이 있어요. 대단해요. 이런 소리에 빠지는 이들은 들을 줄 아는 사람들이죠. 그래서 황영웅을 좋아하게 되죠. 아무튼 대단한 것 같아요. 같아요가 아니라 대단해요. 훌륭해요."

임영웅과 황영웅의 '비상' 비교

조단조단 선생은 임재범의 '비상(飛上)'을 최근에 황영웅과 임영웅이 다시 부른 것을 비교했다.

▶ 임영웅: 흠 잡을 데 없이 완벽하다. 그야말로 발성 교과서이다. 그런데 감동은 약하다.

▶ 황영웅: 성량이 풍부 풍성하니 여유가 있다. 부드러우면서도 파워가 있다. 가슴속에 절실하게 파고든다. 가수는 성량(聲量)

을 키워야 한다. 나도 매일 산에 올라 소리를 한껏 지른다. 성량은 자본금과 같다. 자본금이 적은 상태에서 장사를 하면 불안하듯이 성량이 약한데도 열을 내면 찢어진다.

조단조단 선생은 황영웅 노래의 절실함을 설명하다가 눈물을 흘렸다. 자신의 처지와 비슷한 가사에 감정이 북받쳤다고 했다.

"나도 세상에 나가고 싶어 당당히 내 꿈들을 보여줘야 해" 이 소절을 부른 임영웅에 대해선 "음정 박자 등 완벽하다"면서도 "뭔가 절박한 느낌이 부족하다"고 했다. 그 이유는 아마도 임영웅이 모든 것을 이룬 상태이기 때문일 것이라고 했다. 이 소절을 부른 황영웅에 대해선 "절박한 느낌이 가슴을 파고든다. 내 심정과 같다"고 했다.

〈너무 많은 생각과/너무 많은 걱정에/온통 내 자신을 가둬두었지〉에선 명언을 남겼다.

"너무 생각만 많이 하고 행동을 하지 않으면 세상을 바꿀 수 없습니다. 소설 주인공들은 다 행동하는 사람입니다."

그는 노래를 즐기려면 듣기만 해선 안 되고 불러야 한다고 했다. 불러보면 가수들이 얼마나 열심히 하는 이들인지 알게 되고 노래가 어렵다는 것도 알게 된다는 뜻이다.

조단조단 선생의 이야기를 듣고 있으면 임영웅 황영웅 가수를 동시에 갖게 된 한국인들이 참 행복하다는 생각을 갖게 된다. 좋은 가수는 공짜로 수많은 사람들을 즐겁게 해주는 보물이다. 이런 천재를 핍박하는 것은 천벌(天罰) 받을 일이다. 천재(天才)는 하늘이 내신 재주꾼으로서 많은 사람들을 행복하게 하라는 임무를 갖고 태어났다. 이런 사람을 못 살게 구는 언폭 기자들은 하늘의 뜻을 거역하니 하늘의 벌을 받아야 한다. 황영웅에게 하늘이 주신 선물은 목소리이다.

개개인의 인생을 다 위로해 주는 노래

▶ 윤/조갑제 선생님 존경하며 감사드립니다. 오늘 저도 조단조단TV의 황영웅 가수님 '비상' 노래와 임영웅 가수님 '비상' 노래가 너무 가슴을 울려 얼마나 눈물을 흘렸는지 모른답니다. 임영웅 가수님은 노래를 정말 매끄럽게 잘하지만 깊은 울림을 주지 않았어요. 평범한 여성의 삶이지만 황영웅 가수님이 부르는 '비상'을 들으면 가사 하나하나 한 소절 한 소절이 '비상'의 절절한 마음이 너무나 마음 깊게 와 닿아 감동의 눈물이 저절로 흐르고 가사에 맞는 아름답고 부드럽고 감미로운 음색은 말로 표현할 수 없는 깊은 감동을 줍니다.

▶ 성량이 풍부하기에 가볍지 않고 꽉 찬 느낌, 무게가 느껴지

는 묵직함이 있고 목소리가 부드럽고 절절해서 가슴에 파고 들어 전달하고자 하는 메시지를 확실하게 전달받는 느낌을 받아 귀만 즐거운 것이 아니라 가슴에 오래 남습니다. 다른 가수 노래는 전혀 듣지 않아 모르지만 영웅님 노래는 자꾸만 듣게 됩니다.

▶ L/조 선생님 우중에 수고 많으십니다. 감사합니다 저는 황영웅님 노래만 들립니다. 황영웅님 노래는 그야말로 가슴의 한을 풀어주고 마음 깊은 곳을 보듬어 포근히 품어 안아주는 노래입니다. 그리고 황영웅의 몸짓 동작 하나가 다 진실로 마음 다해 전하는 위로의 동작 목소리로 들립니다. 그러니 노래 듣고 있으면 한 세월 개개인의 인생을 다 위로해 주는 감동을 받습니다. 황영웅님 힘든 시간 잘 버티고 세상으로 힘차게 달려 나오세요.

▶ 반석/세상살이 독불장군 없다는 옛말이 있습니다. 맛집도 모여 있는 곳에 사람들이 모여듭니다. 우리의 두 영웅 가수님 노래맛이 다른 맛을 느낄 수 있어서 앞으로 우리나라의 전통가요를 세계에 어깨를 나란히 하면서 멋지게 알릴 것이라 믿습니다. 두 분 모습에서 선함과 따뜻함이 보여요. 두 분 앞서거니 뒤서거니 의좋은 형제처럼 이 나라의 큰 별이 되어주세요.

▶ 우린 두 영웅님이 계셔서 행복합니다. 편 가르지 않고 같이

사는 사회가 됐음 좋겠네요. 서로가 있어야 지지대가 되며 혼자 있음 무슨 행복이? 진짜 행복이 아니죠. 그리고 지금 잘 나간다고 계속 그렇지는 않는 것이며, 지금 힘들다고 계속 그렇지는 않는 것이죠. 우리 서로 좋은 맘 갖고 세상 살아 간다면 보다 더 밝은 세상, 본인의 삶이 풍요로워지실 거예요. 모든 부모는 못난 자식이라도 본인 자식이 안쓰럽구 어찌해 줄 수 없기에 안타깝습니다. 우리 헐뜯기보다는 좋은 점을 칭찬하고 서로 다정히 손잡고 같이 사는 세상이 되었으면 합니다. 우린 두 영웅님이 계셔서 행복합니다. 두 영웅님 모두 건강하시고 행복하시어요. 두 영웅님 사랑합니다.

▶ 황영웅님은 나라의 보배입니다. 그의 노래는 어느 정치가보다 국민정서에 좋은 영향을 줍니다. 선배 가수님들이 나서서 좋은 결과를 가져올 때가 된 것 같습니다. 나라꼴이 정치도 양분, 가요계도 양분, 이래서야 되겠습니까. 좋은 일에는 앞장 서서 행하는 것이 선배의 도리입니다.

▶ 선생님 매일 보면서 포근한 성품 말씀에 아빠 엄마의 포근한 마음 같아 선한 선생님 마음에 한결 편안하게 말씀 듣고 있습니다. 고맙습니다. 한때는 앞 영웅님 응원했죠. 지금은 황영웅님 편이 되었죠. 두 가수님 앞으로 잘되었으면 좋겠습니다. 선생님 오랫동안 건강 잘 챙기시기 바랍니다.

▶ 옥희/맞습니다. 선생님, 가진 자와 잃은 자의 목소리는 같을 수 없습니다. 임영웅도 진짜 잘 불렀습니다. 그렇지만 임영웅은 '비상'을 발랄하고 경쾌하게 불렀고, 황영웅님은 간절하고 절박한 마음으로 본인의 마음을 그대로 표현했지요. 이 노래는 가사 내용을 보면 황영웅님처럼 불러야 정석인 것 같습니다. 우리 황영웅 가수님 높이 높이 비상하세요. 그날만을 손꼽아 기다립니다. 선생님 늘 감사드리며 항상 건강하십시오.

▶ c/조단조단님의 영상을 보다가 감정이 북받쳐 우시는 것을 보고 지식인이나 배움이 적은 사람이나 듣는 귀와 가슴을 울릴 때 느끼는 감정은 똑같나 봐요. 저도 처음 황영웅 가수님의 '비상'을 듣고 많이 울었어요. 핏줄이 아닌 다른 사람 때문에 이렇게 아파하고 울어본 적이 없습니다. 물론 신비스러운 목소리로 노래를 잘 부르지만 그 외에 뭔가 사람을 끌어 당기는 마력이 있어요. 가수님 노래를 듣는 순간 사람의 마음을 홀려버린다고 할까요? 한 번 들으면 빠져나올 수가 없어요.

▶ 오만방자한 정치인들을 비롯한 국민들도 따뜻한 마음이 사라진 지 오래된 거 같습니다. 비난과 질책만 할 줄 알지 아량과 포용으로 따뜻한 마음도 없어진 지 오래 된 거 같습니다. 겸손함도 미덕인데 잘난 척들은 왜 그리 하는지. 진작 그런 인성 자체가 밑

바닥인데 자기 근본은 모르고 남 탓만 하는지 모르겠어요. 대한민국이라면 정이 깊은 나라인데 점점 이기적이고 살벌하고 따지기를 잘하고 각박한 사회가 되어가고 있어서 참으로 안타깝습니다. 서로 따뜻하고 넓은 아량을 베풀 수 있는 사회가 되었으면 합니다.

가을편지

황영웅 가수가 2023년 추석에 즈음하여 나훈아 씨의 '망모(亡母)'를 부르면서 가을에 무대로 돌아올 것임을 암시했다. 이즈음 80대 후반의 할머니 작가(시인, 수필가) 정정숙 씨가 황영웅 가수에게 보내는 글을 나에게 보내왔다.

그대여!
가을이 색으로 익어가고 있습니다.
노란 들국화 살랑이는 고운 길로, 걸어오고 있는 그대의 발자국 소리는 유쾌한 노래가 되어 들려 옵니다. 그 모진 천둥번개 비바람에도 곡식은 영글고 열매는 풍부한 자양분을 품었습니다.
그대가 그렇습니다.
수많은 밤과 낮, 아픈 가슴 쓸어내리면서 팬들을 위해 천상의 목소리로 보내준 '여자의 일생' '아내에게 바치는 노래' '비상' '당신

꽃'… 아파하는 많은 팬들을 위로하는 그대의 품격이었습니다. 그리고 그대 안부의 글도 보냈습니다. 팬분들이 받은 그대 노래는 눈물로 보답이었습니다.

이제는 그대가 꽁꽁 닫았던 대문의 빗장을 푸십시오.

그리고 밝은 세상으로 당당하게 나오십시오.

우리 다함께 풍악을 울리며 한마당 축제의 날을 만듭시다.

그날까지 그대 건강하소서.

팬분들도 건강하소서.

2023년 9월26일, 火, 靑林

약력 : 수필가·아동문학가, 경상북도 포항 출생/2016년 현대수필 수필 신인상으로 등단, 2021년 아동문학세상 동시 신인상으로 등단, 수필집: "삶이 꽃이 되고 글이 되고", 소설: "오전의 청춘" 외 다수, 동시집: "엄마는 사계절"/e-mail: chungsonge@naver.com

황홀한 복귀

좋은 가수를 가진 국민의 행복

2023년 10월, 가수 황영웅이 지난 3월 떠났던 무대로 돌아왔다. 팬카페 모임에 나와서 여섯 곡의 새로운 노래를 불렀다. 팬카페 회원은 5만 명을 넘어섰다.

지난해 12월 개설된 파라다이스 팬카페는 지난 3월 초 가수가 활동을 중단한 뒤에도 회원 수는 오히려 늘어났다. 황영웅은 지난 10월 28일 미니 앨범 '가을, 그리움'을 공개하고 공식으로 복귀했다. 최근 가진 경기 남북부 팬 모임에 나와서 이 신곡들을 불렀다. 앨범에 수록된 여섯 신곡은 다음과 같다.

1. 꽃구경(작사/불꽃남자, 작곡/위중수)

2. 인사동 찻집(작사/작곡 구희상)

3. 황금빛 인생(작사/임현기 최준원 이로리, 작곡/임현기 최준원)

4. 아버지의 노래(작사/작곡 구희상)

5. 꽃비(작사/작곡 황영웅·마감임박)

6. 함께해요(작사/송광호 김철인 황영웅·마감임박, 작곡/송광호 김철인)

앨범 제목은 '가을, 그리움'이다. 하차한 뒤 작심을 하고 신곡에 매달렸었다는 이야기이다. 그는 그동안 '여자의 일생' '아내에게 바치는 노래' '비상(飛上)' '망모(亡母)'를 불러 팬들에게 공개했었다. 그의 신곡은 mbn 불타는 트롯맨 결승 1차전 2라운드 때 부른 '안 볼 때 없을 때'였는데 이 노래는 송광호 김철인 팀이 작사 작곡했다.

나훈아의 '망모(亡母)'를 황영웅이 재해석하여 부른 것을 들어보면 그의 노래실력이 더욱 깊어졌음을 알게 된다. 나훈아는 여러 색깔의 노래를 여러 창법으로 부른다. 황영웅도 그런 스타일이다. 여러 노래를 같은 창법으로 부르는 가수들이 많은데 나훈아는 노래의 형식을 창조적으로 파괴해 간다는 점에서 독보적이다. 황영웅이 그런 가황(歌皇)을 닮아가고 있다는 이야기이다.

발매 예정인 앨범은 이미 공동구매 형식으로 수십 억 원어치가

예매되었다고 한다. 언론의 폭력적 보도로부터 황영웅을 지켜낸 팬들은 다수가 어머니들이다. 모정(母情)이 언폭(言暴)을 이긴 셈이다. 황영웅도 고생하면서 자신을 돌아보고 인간적으로, 가수로서 성숙했을 것이다.

황영웅 노래가 가진 선한 영향력과 신비한 치유력은 본질적으로 그의 천부적인 목소리에서 나온다. 풍부한 중저음을 바탕으로 한 고음은 편하게 들린다. 찢어지지도, 흩어지지도 않는 그의 목소리는 곁에서 속삭이는 듯한 발성(發聲)으로 정겹게 다가온다. 한국어가 이렇게 아름다울 수 있다는 것을 보여주는 그의 발음은 뛰어난 가사 전달력으로 승화되어 그의 노래를 음유시인(吟遊詩人)처럼 느끼게 한다. 가수는 안 보이는데 노래는 살아 남아 음원(音源) 시장에서 선두그룹에 속하도록 한 힘도 노래, 인품, 이를 알아준 팬들로부터 나왔다. 어느 나라가 좋은 가수를 가진다는 것은 좋은 경치, 좋은 상품, 좋은 문학을 가지는 것처럼 행운이고 행복이다.

정모에서 보니 더욱 멋져

▶ 선생님 정말 감사합니다. 정모에서 직접 보니 황영웅 가수님을 좋아하는 이유가 있어요. 노래 음성 외모 헌칠한 키에 좋

은 가정에 인성은 어쩜 그리 겸손한지. 모든 걸 다줘도 아깝지 않다는 생각 들고 참 나도 잘하고 있구나 했습니다.

▶ 선생님 건강하세요. 늘 고맙습니다. 제 인생 엔돌핀 최고로 잘생긴 멋쟁이 골든 히어로 왕자님 많이 많이 사랑합니다. 가슴이 설레고 황홀하네요. 대한민국 최고의 황금 보이스 핸섬하고 매력적인 월드 스타 천재가수, 멋진 황영웅 가수님 승승장구하시고 대박 나세요. 서울에서 평생 팬으로 열응할게요.

▶ 황영웅 가수가 무대로 복귀하는 데는 그의 팬덤의 힘도 컸지만 조갑제 기자님의 유튜브 방송이 마치 황영웅의 대변인 같은 역할을 했으며, 그리고 끊임없는 그 응원의 힘이 아주 크게 작용했다는 것은 팬들과 또 많은 사람들이 이미 다 아는 사실입니다. 선생님 고맙습니다. 좌절과 절망의 수렁에 빠진 한 젊은 청년 가수를 살리셨습니다. 항상 건강하시길 바랍니다.

▶ 은정/불의를 보면 포기하지 않고 끝까지 싸워 관철해 내는 집념과 뚝심이 대단한 분이시죠. 그런 의미에서 황영웅 가수 복받은 겁니다.

▶ 언폭 앞에 오합지졸인 우리 팬들이 속수무책일 수밖에 없는

것을 우리나라 언론계의 대부이신 선생님께서 기치를 높이 들어 매일매일 우리 팬뿐 아니라 그 당시 고립무원의 안타깝기 그지없는 상태에 있던 천재가수 황영웅을 살려내셨습니다. 한없는 감사의 말씀을 드립니다. 더욱이 근자에 우리 황영웅의 성공적인 복귀가 있어 더욱 즐거운 나날이 되고 있는 오늘이 얼마나 기쁜지요.

황영웅을 만나러 가는 길의
설렘과 황홀함

▶ 다른 가수의 팬과는 다르다는 선생님 말씀처럼 영웅님 팬님들은 절망적인 상황에서 팬이 되어 살점이 떨어져 나가는 고통의 상황에서 살리고자 투사처럼 싸워서 승리의 개가를 부를 수 있게 한 위대한 팬님들입니다. 살리고자 하는 간절함이 팬들에게서 명문(名文)이 나오게 하지 않았나 싶습니다. 팬님들 댓글 보면 행복해 하시는 모습에 웃음이 절로 나옵니다.

▶ 요즘 뉴스 안 봅니다. 정치는 아수라장 짜증 납니다. 황영웅님 노래가 병들고 지친 마음을 달래줍니다. 정모 대단합니다. 살맛납니다. 국가에서 훈장 주어야 합니다.

▶ 선생님 제가 요즘 웬만한 스트레스는 그냥 긍정적으로 생각하는 버릇이 생겼습니다. 황영웅 가수님 덕분입니다. 복귀와 앨범 기대로 꿈을 꾸고 있는 것 같고 구름 위를 걷고 있는 것 같아 행복해 죽습니다. 많이 웃고 노래도 흥얼대기도 하면서 하는 일도 긍정 릴레이를 받아 더 잘됩니다. 냉철한 판단과 분석이 살아나면서 그런 것이 참 중요하다는 생각을 하게 됐습니다. 그런 생각을 주신 선생님께 무한 감사드립니다.

▶ 엊그제 정기모임에 갔다가 내 생애에서 이렇게 행복할 수 있을까 하는 생각에 마음이 너무 즐거웠습니다. 우리 황영웅 가수님, 정말 꿀성대에 얼굴 실물도 너무 잘 생기시고 노래 3곡 불러주었는데 10곡 부른 것 같았습니다. 2시간 좀 넘은 시간이 지루함이라고는 1도 없었던 귀한 시간들이었습니다. 곧 미니앨범 나오는데 어쩜 이렇게 노래 잘하는 가수 있을까 싶습니다. 최고입니다.

▶ 정모 다녀왔어요. 얼마나 울었는지 모른답니다. 좋아서 황홀해서 맘 아파서 많이 행복한 눈물 흘렸네요. 이 모든 게 조갑제 선생님 덕분입니다. 저에게는 은인이십니다. 선생님 애국자이시고 유명한 기자이십니다. 영광스럽고 자랑스럽습니다. 감사드립니다.

▶ 댓글 읽어주시는 선생님 너무도 따스함으로 다가 옵니다. 글

솜씨 뛰어나신 팬님들 제 마음을 그대로 옮겨 놓으셨네요. 모성애는 한마음입니다. 가수님 세상 밖으로 나오신다니 엄마들이 해냈구나! 이젠 최고의 국보급 가수로 활동하시길 바랍니다.

오늘 같은 날이 오는군요

▶ 선생님 덕분에 드디어 오늘 같은 날이 오는군요. 우리 황영웅 가수가 대구 정모에 내려 온다니 새벽부터 마음이 설레 일찍 일어나 가수님 노래를 듣고, 우리 가수님 영접에 두둥실 마음이 들떠 얼마나 행복하고 즐거운지 몰라요. 이렇게 세상 살맛을 느끼게 하는 가수는 생전 처음이랍니다.

▶ 선생님 항상 감사합니다. 저 역시 10월21일 황영웅 가수님 대전 정모에 갔다 왔습니다. 저는 결혼하고 지금까지 정말로 열심히 살았습니다. 황영웅 가수님 알고 난 뒤에 더욱 더 열심히 살고 있습니다. 대전 정모에서 조갑제 선생님 팬분들이 너무 많이 오셨어요. 선생님 항상 건강하시고 오래 오래 계셔 주세요. 항상 존경합니다.

▶ 선생님, 황영웅 가수님 정모에서 보고 와서 더 갈증이 나서 울산 정모 또 신청했어요. 황영웅 가수가 그 힘든 시간을 잘 견뎌

줘서 "고맙다"고 안아주고 싶었습니다. 쑥스러워하고 수줍어하며 웃음짓던 모습이 눈에 선합니다. 선생님 감사합니다.

▶ O/어제 21일에는 제 글을 읽어 주셔서 깜짝 놀랐습니다. 선생님의 정의감과 팩트가 진솔하다 보니 저도 모르게 감화되어 늘 듣기만 하다 아주 가끔은 나도 편지 한 번 드려봐야겠다 할 때가 있거든요. 총 3번 채택되어, 문예지에 기고해서 등단한 기분입니다. 선생님 늘 건강하세요.

▶ 60대에 황영웅 아이돌(?) 팬이 된 이 영광을 선생님께 돌립니다. 이런 찬란한 날이 오리란 걸 선생님의 단호하고 공신력 있는 8개월의 강의 내용이 이미 증명해 왔고, 지금 이 순간까지도 진행 중이니 저희들 너무 감격스럽고 선생님 큰 은혜에 절로 머리 숙여집니다. "황영웅 모든 속박에서 해방되다." 고로 우리는 해방둥이!! 감사드립니다 선생님!!!

▶ 선생님 어제 대전 정모에 다녀왔습니다. 그동안 선생님 덕분에 버틸 수 있었던 것 같습니다. 기다리면서 혹여 팬들에게 잊혀질까봐 두려웠다는 편지 글을 읽는데 너무 가슴이 찢어졌습니다. 대관령을 넘어 같은 마음을 가진 파라님들과 대전으로 향하는데 너무나 가슴 벅찼습니다. 짧은 만남 아쉬웠지만 연말 콘서트를 뒤로

하고 왔습니다. 응원해 주셔서 정말 감사합니다.

▶ 광복절 같은 기쁨을 되찾았다는 말씀 실감납니다. 팬들도 기뻤지만 영웅님 기뻐하는 모습 보니 웃음이 절로 나옵니다. 애타며 기다리는 시간이 억울하고 화가 났지만 영웅님이 이 고난을 통해 마음이 더 크고 깊어져 더 성숙한 인격체로 성장했으리라 믿기에 잃은 것보다 소중한 것을 더 많이 얻었으리라 믿습니다. 더 큰 그릇이 되기 위해 이 시련이 필요했다고 고백할 날이 오겠지요.

▶ 선생님 용기 있는 바른 소신으로 학폭 이슈에 테러 당한 황영웅 가수님의 상처를 보듬고 든든한 울타리가 되어주셨습니다. 읽어 주신 팬님들의 소중한 글들 중 가수님 같은 사례는 미국에선 성공한 본보기로 방송에 소개한다면서 마음 아파하며 가수님을 미국으로 데려 오고 싶다는 교포분의 사연이 늘 생각납니다. 황영웅 우리 트로트 귀재, 이제부터 힘든 시간 함께한 모든 분들과 새롭게 시작합니다. 사랑하고 소중하고 행복합니다.

"저도 열심히 살았습니다"

▶ 조갑제 선생님 뵐수록 더 기다려집니다. 듣고 나면 마

음이 안정되면서 위안도 됩니다. 늘 드리는 말이지만 이 모든 게 선생님 덕분입니다. 로맨티스트이신 선생님 진짜 멋지십니다. 존경합니다. 나라 사랑하시는 애국자이시고 유명한 기자이십니다. 영광스럽고 자랑스럽습니다. 우리 황영웅 가수님 노래도 잘하지만 매우 착한 분이더라구요. 정모 다녀와서 느꼈어요. 같이 화이팅해요. 사랑합니다.

▶ 영자/조갑제 선생님 밤낮없이 부지런히 황영웅 가수님의 소식과 때론 대변자가 되시어 열변하시는 걸 보면서 힘을 얻었지요. 저도 깜짝 놀랐어요. 황영웅 팬님들은 나이 많은 팬들만 있는 것처럼 비하하는 말들이 많았는데 요즘 정모에 오신 팬님들을 보니 활기차고 모두 희망 넘치는 젊은 분들이었어요. 때로는 저도 밤잠 못 자 가면서 울분을 댓글로 표현하며 하루해를 영웅님에게 마음으로 올인했는데 요즘은 여유도 생기고 안심되어 행복합니다. 그 연세에 지칠 줄 모르시는 조 선생님, 황영웅님 응원에 감사드립니다.

▶ 선생님의 오늘 영상 보는 순간 눈물이 났습니다. 저도 고등학교 졸업하고 부모님이 주신 만 원도 안 되는 돈 가지고 서울에 올라와 열심히 살았습니다. 몇십 년을 서울 바닥에서 바다가 있는 고향을 그리며 살았습니다. 이런 힘듦을 어느 누가 알아 주겠습니

까. 그래서 슬플 때나 기쁠 때나 노래를 들을 때가 많았지만 그냥 듣고 지난 세월이었습니다. 그런데 요즘 황영웅 가수님 노래에 푹 빠져서 첨으로 유튜브도 해보고 정모 가서 오랜만에 너무 행복한 감정을 느꼈습니다. 날마다 하루 종일 들어도 싫증 안 나는 가수의 노래는 처음입니다. 힘들게 살아온 엄마들 욕하지 마세요. 정모에 가서 보니 너무도 순수한 분들이셨어요.

기다린 날이
왔어요!

"함께해요"의 감격!

황영웅이 10월28일에 공개한 신곡 앨범엔 여섯 곡이 담겼다. 대표곡 '함께해요'를 들으니 지난 8개월 동안 황영웅을 위하여 울고 기도하고 부르짖고 댓글 썼던 조갑제TV의 속칭 '민들레 모임' 회원들이 생각났다. 그들이 남긴 글에 화답한 노래였기 때문이다. 노래는 편하고 가사는 자연스러워 금방 입과 귀에 익었다.

그동안 보고싶었죠
기다린 날이 왔어요

맘고생 많았던 당신을 보니
왠지 눈물이 나요

할 말이 너무 많은데
생각이 나질 않네요
내 앞에 서 있는 당신을 보니
이젠 살 것 같아요

이제는 날개를 활짝 펼 수가 있어
우리가 그리워했던 시간들
위로받는 것 같아

좋은 날 좋은 곳에서
당신만 있어 준다면
혼자가 아니랍니다
함께해요 영원히
(함께해요 영원히)

못된 기자들 헛소리 안 할 때까지

'함께해요' 등에 대한 민들레 모임의 반응도 열광적이었다.

▶ 개/선생님 오늘 너무 좋은 날입니다. 신곡 들으며 몇 차례나 울었는지 모르겠네요. 신곡 6곡 모두 너무 좋으네요. '함께해요'는 가수님께서 작사에 참여하셨는데 팬들에게 가수님 마음을 그대로 전하는 가사가 고스란히 느껴졌습니다. 가수님 자작곡 '꽃비'는 그동안 고생시킨 엄마 생각하신 듯해요. 가사들이 하나 하나 의미 있고 감동입니다.

▶ 존경하는 우리 대기자 선생님. 오늘은 눈물이 나네요. 선생님 우리 영웅 가수님이 드디어 해냈어요. 모두가 선생님 덕분입니다. 오래오래 건강하게 사시면서 우리 황영웅 가수가 대한민국 최고가 되는 것도 봐주셔야겠습니다.

▶ 조갑제 선생님 한결 같은 황영웅 사랑 고맙습니다. 저는 노래 듣고 눈물 흘린 적 거의 없는데 가수님 명품 목소리에 감동 받아 돌아가신 부모님 떠올리고 울컥하게 되네요. '황금인생'은 너무 신나고 따라 부르기도 좋아서 응원가로도 딱이네요. 옛추억 떠올리며 동성로(대구) 찻집도 함께 가봐야겠어요. 소중한 존재 황영

웅 사랑합니다.

▶ 위대하신 선생님 너무 수고 많습니다. 저는 82세 된 할머니입니다. 7개월 동안 영웅님 노래만 아침부터 저녁 잠들 때까지 계속 듣다가 잠이 듭니다. 마음이 너무 아팠어요. 그래서 미국에 있는 아들에게 팬카페 가입 좀 해달라고 부탁해서 가입도 하고 미니 앨범도 20장 구매했어요. 매일 조 선생님 댓글 읽어주셔서 너무 감사합니다.

▶ 규순/조갑제 선생님 존경합니다. 얼마나 울고 웃으며 지나온 8개월입니까. 선생님 같은 어른이 안 계셨다면 이룰 수 없는 일이기에 더욱 든든합니다. 노래를 들어보니 황영웅님과 찰떡입니다. 앨범 달성도 잘될 거라 믿습니다. 그날을 위하여 응원합니다. 선생님 건강 유의하세요. 감사합니다.

▶ 영웅님은 잊혀질까 두려웠다고 합니다. 저도 처음에 잊혀지면 어떡하나 걱정에 눈 뜨고 있는 동안은 영웅님 걱정했습니다. 선생님과 팬님들의 응원에 힘입어 영웅님이 돌아왔습니다. 유튜브에서 들은 첫 곡이 '꽃비'였는데 엄마 생각나서 엉엉 울었습니다. 나이 서른에 어찌 이런 가사를 쓸 수 있나요. 믿어주고 기다려준 팬들을 향한 고마움의 노래도 있고, 노래 여섯 곡 모두가 좋습

니다. 명곡 앞에 논란이란 말이 사라지면 좋겠습니다

▶ 조갑제 선생님 너무 너무 감사합니다. 선생님 덕분에 많은 팬들이 더 지치지 않고 응원하며 기다리고 있었습니다. 못된 기자들 헛소리 안 할 때까지 우리 가수님 꼭 지켜주세요. 팬들도 끝까지 가수님 응원할 겁니다. 선생님, 노래가 너무 좋아 눈물이 절로 나네요.

▶ 다윤/선생님 너무 감사드립니다. 오늘이 오기까지 선생님께서 큰일을 하셨습니다. 황영웅 가수만 살린 게 아니고 5만 명 파라 팬들까지 살려주신 덕으로 지금 59억 원이 넘는 판매 금액을 만들었답니다. 기적을 만들고 있답니다.

"아버지 아버지 세상 멋진 남자의 이름"

황영웅 여섯 신곡 중 가사가 특히 좋은 두 곡. '함께해요'는 지난 8개월 동안 황영웅과 팬들 사이에서 오고 간 애틋한 감정을 이야기로 물 흐르 듯이 풀어간 가사이고, '아버지의 노래'는 황영웅의 아버지 세대, 이른바 개발연대의 아버지 상이다. "난 괜찮아"라면서 자식들을 위하여 희생한, 박정희로 대표되는 위대한 우리

의 선배 세대 이야기이다. 마지막 소절, "아버지 아버지 세상 멋진
남자의 이름"은 유명해질 듯하다.

아버지의 노래 – 작사 작곡 / 구희상

아버지가 다 그런 거지
고생하고 사는 그런 자리지
내 어깨엔 처 자식이 있고
내 등에는 부모가 있네
사는 게 다 그런 거지
어릴 적 보고 자란
울 아버지 커다란 자린
너와 나의 자리 됐구나
흰 머리 희끗희끗
깊게 패인 주름진 이마
잘살았다는 훈장 같구나
아버지 아버지 세상 멋진 남자의 이름

아버지가 다 그런 거지
희생하고 사는 그런 자리지
해 뜨기 전 집을 나서고

해 저물어 집으로 가네

사는 게 다 그런 거지

어릴 적 보고 자란

울 아버지 커다란 자린

너와 나의 자리 됐구나

흰 머리 희끗희끗

깊게 패인 주름진 이마

잘살았다는 훈장 같구나

아버지 아버지

세상 멋진 남자의 이름

세상 멋진 남자의 이름

나훈아 가수가 작사 작곡 노래까지 한 '남자의 인생'은 고달픈 월급 생활자의 이야기인데 분위기가 닮았다.

어둑어둑 해질 무렵 집으로 가는 길에

빌딩 사이 지는 노을 가슴을 짜~안하게 하네

광화문 사거리서 봉천동까지 전철 두 번 갈아 타고

지친 하루 눈은 감고 귀는 반 뜨고 졸면서 집에 간다

아버지란 그 이름은 그 이름은 남자의 인생

그냥저냥 사는 것이 똑같은 하루하루
출근하고 퇴근하고 그리고 캔 맥주 한 잔
홍대에서 버스 타고 쌍문동까지 서른아홉 정거장
운 좋으면 앉아가고 아니면 서고 지쳐서 집에 간다
남편이란 그 이름은 남자의 인생
그 이름은 남자의 인생

"눈물로 뿌린 씨, 기쁨으로 거둘 거예요"

▶ 선생님 영웅 가수님을 향한 사랑으로 정모도 하시고 앨범도 나오고 이제 날개를 활짝 펴시고 용기내어 나오셨어요. 선생님의 그동안 노고에 진심으로 감사드립니다. 항상 건강하시고 응원도 많이 해주세요. 영웅님을 위해 기도해 주신 모든 분들 팬들 감사드립니다. 이제 맘 아픈 일들 다 잊고 좋은 생각하며 잘되기만을 항상 기도합니다. 눈물로 뿌린 씨 기쁨으로 거둘 거예요.

▶ 황영웅님 팬들 댓글에서 선생님 도움이 크다고 하니, 과찬이라 하셨는데 아닙니다. 언론에서 너도나도 우리 황영웅님 두들겨 팰 때 선생님께서 구세주처럼 나타나셔서 너희 중 죄없는 자가 저 여인에게 돌로 쳐라 하시는 것처럼 도와주셨습니다. 그때부터 마

음 둘 곳 없던 황영웅 팬들이 조갑제 선생님 유튜브 영상으로 와서 위로를 받았습니다. 오늘날 우리 황영웅님이 이렇게 멋지게 복귀할 수 있었던 데는 선생님의 도움이 컸습니다. 꼭 건강지켜 주셔서 저희랑 같이 황영웅의 성공을 꼭 지켜봐 주세요. 감사합니다.

▶ '함께해요' 노래 듣고 가슴 졸였던 지난 일이 생각나고 가수님도 얼마나 힘들었을까 생각하며 너무 울어서 꽉 막힌 코를 부여잡고 밤새 듣고 또 들었어요. 이젠 걱정 없어요. 노래 하나 하나 너무 좋아서 가수님 가시는 길 꽃길이 될 테니까요.

▶ 선생님 진심으로 존경합니다. 훌륭하신 선생님 덕분에 우리 영웅 가수님이 새로 탄생했습니다. 가수님이 29년 전에는 어머니가 낳아주시고 2023년 10월28일은 팬들 덕분에 가수로 다시 태어났다고 감사하다는 글을 올렸네요. 그동안 선생님께서 제 댓글을 두 번이나 읽어 주셨습니다. 영웅님 덕에 72세에 저도 새로운 삶을 사는 것 같아요. 진심 감사드립니다.

황영웅 사태
8개월이 남긴 것

황영웅 죽이기 vs. 황영웅 살리기

황영웅 가수가 하차 8개월 만에 2023년 10월 말 여섯 신곡을 내고 무대로 복귀했다. '최고의 목소리를 가졌다'(정풍송 작곡가)는 가수 황영웅 사태는 세 가지 측면이 있다. 그가 부른 노래의 신비한 치유효과, 그리고 힘 없는 신인가수에 대한 한국 언론의 무자비한 인권탄압과 이에 대한 서민층의 저항운동이 그것이다.

● 황영웅은 애초 법률적으로나 도덕적으로 비난 받을 존재가 아니었다. 7년 전의 폭력행위에 대해선 50만 원 벌금형을 받은 것

으로 끝났다. 그런 폭력행위를 계속하고 있지도 않았다. 학생 때의 주먹다짐說은 학교에서 공식적으로 문제된 적이 없어 '학폭'으로 분류되지 않는다. 대학입시에 영향을 주는 폭력은 학교의 징계기록으로 남아야 하는데 황영웅은 그런 경우에 해당되지 않는다.

● 기타 폭행 주장은 익명 폭로자의 일방적인 말일 뿐 사실로 검증된 것이 없다.

● 모든 사안은 과거완료형이고 대가를 치렀던 일이다. 그럼에도 황영웅은 과거 자신의 행적에 대하여 사과하고 mbn '불타는 트롯맨' 결승에서 거의 확실했던 우승과 상금 6억 원을 포기하고 하차, 활동을 중단했다.

● 이런 황영웅에 대하여 한국 언론은 하차 후에도 폭력적 보도를 계속하였다. 헌법상 권리를 가진 한 국민에게 지나친 공격을 하는 과정에서 헌법 제10, 15, 17, 19, 21조를 위반했다. 자유민주주의의 수호자여야 할 언론이 최악의 인권탄압을 자행하는 데 견제도 반성도 자율규제도 없었다.

● 거의 모든 언론은 황영웅의 신체상 비밀인 문신을 무단 공개, 그를 '조폭스럽다'고 비방했다. 아직도 이 사진들을 내리지 않고 있는 언론사가 대부분인데 "모든 국민은 사생활의 비밀과 자유를 침해받지 않는다"는 헌법 제17조 위반이다. 명백한 명예훼손 행위로서 거액의 손해배상 청구 소송에 스스로를 노출시켜 놓고 있다. '가수 따위에게 무슨 인권이 있어?'라는 투의 오만의 극치이

다. 이를 외신이 정색을 하고 보도한다면 한국 언론은 문신 탄압
자로 찍혀 미개국 수준으로 평가 받고 국제적 스캔들이 될지 모른
다.

언론의 흑역사

● 많은 언론은 아무런 검증 취재도 없이 황영웅을 '학폭'
프레임에 가두어 두들겨 팼다. 메이저 언론조차도 독자적 취재 없
이 선동 유튜브나 mbc의 주장을 그대로 베꼈다. 주류(主流) 언론
마저도 힘없는 시민 황영웅에 대한 가학적(加虐的) 집단폭행에 가
담하니, '학폭'보다 피해규모가 큰 '언폭(言暴)'으로 자리매김되었
다.

● 한국 언론은 상금을 포기하고 활동을 중단한 황영웅에게
그 뒤에도 자숙, 반성을 줄기차게 요구하고 활동재개 움직임을 공
격하였다. 이는 "모든 국민은 양심의 자유를 가진다"는 헌법 제19
조와 "모든 국민은 직업선택의 자유를 가진다"는 헌법 제15조, 그
리고 "모든 국민은 표현(언론 출판 등)의 자유를 가진다"는 헌법
제21조 위반이었다. 한국 언론의 폭군화(暴君化) 현상이다. 천재
가수에게 "노래 부르지 말라"고 협박하는 언론이 누리는 언론 자
유는 '가해(加害)의 자유'였다.

● mbc 계열사 imbc는 "전과자 황영웅, 갱생실패"라는 제목의 기사를 올리고 황영웅을 변호하는 이들을 '무지한 노인들의 아둔한 팬심'이라 비방했다. 한 메이저 신문은 황영웅이 활동재개 움직임을 보인다고 "'영웅' 이름에 먹칠, 뻔뻔하게, 기웃기웃"이란 폭력적 제목을 달았다. 대부분의 한국 언론은 좌우 불문하고 황영웅 보도에선 보도의 원칙을 포기했다. 만장일치로!

● 한국 언론의 이런 행위는 저항이 불가능한 한 무력한 개인에 대한 집단폭행적 공격이란 점에서 흑역사로 기록될 것이다. 대한민국 헌법이 보장하는 개인의 인권에 대한 전면적 도전이었다. 헌법 제10조는 "모든 국민은 인간으로서의 존엄과 가치를 가지며 행복을 추구할 권리를 가진다. 국가는 개인이 가지는 불가침의 기본적 인권을 확인하고 이를 보장할 의무를 진다"이다.

● 그럼에도 황영웅의 노래는 음원(音源)시장에서 인기가 꺼지지 않았다. TV조선이 밀어주는 안성훈, MBN이 띄우는 손태진보다도 앞서 갔다. 팬카페 가입자 수는 5만 명을 넘어 계속 늘고 있다. 무대를 내려온 가수의 노래는 랭킹이 계속 올라갔다. 이는 언론폭력에 대한 서민들의 저항이고, 먹물 먹은 기자들에 대한 눈물 먹고 사는 생활인들의 도전이고 승리였다.

● 황영웅 노래로 마음과 몸의 병을 치유하고 있다는 이들이 너무나 많아 학문적 연구대상이란 생각도 든다. 한국사회의 바닥에서 열심히 살다가 상처 받고 쓰러진 사람, 다시 일어나 심신(心

身)을 추스르는 이들이 황영웅 노래로 위안을 받는 정도가 아니라 우울증, 암투병의 고통, 불면증에서 벗어났다면서 하루에도 수십 번씩 황영웅 노래를 반복청취한다고 증언하고 있다. 황영웅 노래로 몸과 마음의 고통을 달래고 있는 사람들은 수만 명, 수십 만 명이 될지 모른다.

● 그래서 '허공'의 작곡가 정풍송 선생은 "작곡 생활 60년에 처음 보는 현상"이라면서 그를 프랑스의 국민가수 에디트 피아프에게 비교하고 "최고의 목소리에 훈련을 덧붙인다면 세계적 가수가 될 것이다"고 했다. 그런 천재에게 '노래 부르지 말라'고 협박하는 사람들이 조폭이 아니고 기자라는 데 문제의 심각성이 있다.

황영웅 사랑은 조건이 없다!

황영웅의 손편지 엽서

2023년 11월2일, 미국 뉴저지에서 살면서 주옥 같은 손편지를 보내주셨던 최현주 여사가 황영웅 미니앨범 10장을 내 사무실로 전달했다. '가을, 그리움'을 주제로 한 앨범 케이스를 뜯으니 황영웅의 엽서 손편지가 보였다.

안녕하세요 영웅입니다.
가을에 태어난 저는 가을을 참 좋아하는데요.
그래서인지 행복한 추억도 유독 가을에 많은 것 같습니다.
여러분은 가을 하면 어떤 기억이 떠오르시나요?

저는 이제 가을 하면 첫 미니앨범 발매가
가장 행복한 순간으로 남을 것 같은데요.
여러분들께도 제 앨범이 아름다운 기억이 된다면
더할 나위 없이 행복할 것 같습니다.

가을은 잠시 우리 곁을 스쳤다가
매서운 겨울바람에 금방 밀려가고는 하지만,
그래도 또 다시 돌아올 것을 알기에
그 이별도 그리 슬프지 않잖아요!
이 가을처럼 저도 여러분의 곁에 언제나
돌아올 것을 약속 드립니다.
그러니 여러분은 항상 건강하게
그 자리를 지키고 있어 주셔야 해요.
돌아온 제가 외롭지 않도록요!!

그럼 제 첫 번째 미니앨범에 담긴 여섯 곡의
노래를 함께 들으며 특별한 우리만의
추억을 만들어 볼까요?
이 가을이 백번 올 때까지 사랑합니다!!

깊어가는 가을의 한복판에서 가을남자 영웅이가

"가수의 노래 실력이 언폭을 덮을 겁니다"

미니앨범을 조갑제TV 동영상으로 소개했더니 많은 댓글 편지가 달렸는데 일단 해피 엔딩이었다.

▶ 가슴속 화병 불덩이가 이젠 선생님 덕에 식어 가네요. 지금까지 살아오면서 누굴 미워한 적 없고 시기한 적 없고 원망한 적도 없었는데 젊은 한 청년의 쌍방 싸움한 실수를 그렇게도 온 나라가 뒤집히도록 떠들썩하게 뭇매질로 짓밟고 도마 위에 올려 난도질하는 잔인한 기레기들, '실탐'이라고 방송한 mbc에 너무 화가 나 한때는 이성을 잃고 화병 났지요. 근데 선생님 선한 말씀 들으며 그 천재가수의 회생 복귀, 미니 앨범 내고 노래하는 모습 보고 이제는 살맛 납니다. 그 여린 가수가 안쓰럽고 가여워서 밤잠을 못잘 정도로 몸살을 앓았는데 이젠 영웅님 영상 보며 노래 듣는 기쁨으로 살아갑니다. 진짜 영웅 황영웅, 월드 스타로 거듭 나길 기도합니다.

▶ 우리는 정신 빠진 언폭 집단이 나올 때마다 싸우고 또 싸워야 됩니다. 나 개인은 미약하지만 같은 생각을 가진 분들이 모이면 승리할 수 있다고 생각합니다. 모든 분들 사랑하고 존경합니다.

▶ 영웅님 팬님들은 상대적인 사랑이 아닌 무조건적인 사랑입니다. 그래서 너무 고귀합니다. 자유를 말살하고 거짓이 사실이 되어 정죄하는 무리들에게 정의를 외치시는 팬님들 위대합니다. 제가 걱정을 너무 하니 걱정을 하면서 너무 깊이 관여하지 말고 보고만 있으라 합니다. 기사를 보지 않았다면 지금도 존재 자체도 모르고 살 텐데 보고 그 이후로는 제 마음을 제가 컨트롤이 안 되었습니다. 많은 팬님들도 자신의 자식처럼 애타 하시며 눈물로 호소하시는 분들, 이 사건이 역사에 길이길이 남을 것 같습니다.

▶ 조갑제 선생님은 든든한 버팀목이십니다. 요즘 감사하게도 긍정적인 내용의 기사가 늘어났습니다. 감사한 일이죠. 현재 공식적으로 미니앨범 공동구매 50만 장을 훨씬 넘었습니다. 황영웅 가수의 노래 실력이 언폭을 덮을 거라 믿습니다. 조갑제 선생님 끝까지 황영웅 가수를 지켜주세요.

▶ 조갑제 선생님 또 뵙네요. 뵙기만 해도 이렇게 마음이 위안이 되네요. 감사드립니다. 저는 아들만 둘인데 우리 황영웅 가수님이 셋째 아들이 되었네요. 가슴으로 낳은 아들이라 제 목숨 다하는 날까지 같이할 겁니다. 선생님이 안 계셨다면 상상조차 하기 싫습니다. 그 정도로 선생님께서 황 가수님 변론해 주심에 용기도 얻었고 우울증 치료도 잘되어 가네요. 하차 소식 듣고 얼마나 가

습이 아팠던지요. 바로 우울증이 찾아 왔었습니다. 하지만 정모도 다녀오고 직접 보고 목소리 듣다 보니 황영웅님은 정말 착하고 순한 가수님이었습니다. 정모에 다녀와서 그동안 응원했던 것보다 두 배 세 배 하고 있습니다. 선생님 환절기에 고뿔 조심하시고요, 건강하소서 사랑합니다.

▶ 규순/조갑제 선생님 앨범 받으시면서 순간 순간 많은 생각이 스쳐 지나가면서 가슴이 뭉클하진 않으셨나요. 저는 이 글을 쓰면서 가슴이 벅차기도 하고 아프기도 하고 눈물이 나네요. 황영웅님의 수개월의 삶이 그려집니다. 수개월의 삶이 디딤돌이 되어 앞으로의 삶을 많은 사람들에게 최선을 다해 감사의 마음으로 사시기 바랍니다. 끝까지 노력하시기를 응원합니다. 사랑합니다.

▶ 은주/미국 뉴저지주에 계신 최현주님 잘 알고 있습니다! 참 아름다운 마음을 선생님께 선물하셨네요. 존경합니다. 우리 황영웅 가수님을 같은 마음으로 공감하며 응원하니, 더 행복합니다. 힐링의 시간들입니다. 타국에서 우리 가수님 노래 들으시면서 행복하시고 늘 건승하세요. 사랑합니다. 축복합니다!

▶ 저는 글솜씨가 없지만 이 방송을 보면 고등학교 때 노트에 시를 쓰고 그림을 그리던 때가 늘 생각납니다. 어쩜 어르신들이

아름답고 애잔한 글을 잘 쓰시는지 부럽고 고맙답니다. 여기에 들어오시는 분들, 그리고 선생님 늘 건강하세요.

아프니까 청춘이다

황영웅이 무대에 복귀하여 정기모임에서 노래를 부르고 있을 때 수필가 정정숙 여사께서 축하의 글을 필자에게 맡겼다.

샛별 청년 희망 일기
캄캄한 밤하늘….
수많은 별들 사이에 유난히 빛이 나는 샛별 하나 반짝인다.
샛별은 큰 별이 되고 싶어 꿈을 키워 왔다.
때를 기다렸다가 세상에 얼굴을 알리고 조금씩 빛을 내밀었다.
누가 보냈을까?
어디선가 온 모래 폭풍은 샛별의 빛을 가리웠다.
묵묵히 폭풍을 견딘 샛별은 상처 받은 마음 잠시 내려놓았다.
아픔을 희망으로 바꾸기 위해 다시 일어나 빛이 되어 노래한다.
샛별 청년 주위로 은하수들도 내려와
호위(護衛)하며 동행(同行)한다.
상처투성이의 보석은 깎이고 깎여서 신비스런 빛을 더해가며 아픈 삶 노래로 어둠을 걷어낸다.

오랫동안 지켜온 이름처럼 영웅이 되어

아픈 이들 외로운 이들 슬픈 이들

감싸주고 위로하는 영혼(靈魂)의 노래를 부르리라.

함께하는 길은 삶의 배려니 잊혀진 별들도 함께 하리라.

끝이 보이지 않을 것 같았던 절망도 잃어버릴 것 같았던

이름 석자도 영광스러워지리라.

역경(逆境) 속의 눈물이 오선지 위에서

꽃으로 만개(滿開)할 날을 기다린다.

김난도 '아프니까 청춘이다'.

스물아홉 청년이 되뇐다.

2023. 10. 22 정정숙(鄭貞淑)

기다린 날이 왔어요

엄마들이 눈물로 지켜낸 가수 황영웅 이야기

펴낸이 | 趙甲濟
펴낸곳 | 조갑제닷컴
초판 1쇄 | 2023년 12월 5일

주소 | 서울 종로구 새문안로 3길 36, 1423호
전화 | 02-722-9411~3
팩스 | 02-722-9414
이메일 | webmaster@chogabje.com
홈페이지 | chogabje.com

등록번호 | 2005년 12월 2일(제300-2005-202호)
ISBN 979-11-85701-77-6 (03810)

값 15,000원

*파손된 책은 교환해 드립니다.

주옥과 같은 댓글편지들

"선생님 말씀 맞습니다. 자유민주사회를 사는 국민은 가수의 노래를 들을 자격이 있습니다. 가수 노래 듣기 싫으면 안 들으면 되지."

"저한테는 황영웅님이 제 생명의 은인입니다. 그래서 제가 살아 있는 한 황영웅을 지키기로 결심했어요. 황영웅은 저의 막내아들입니다."

"선생님 덕분에 드디어 오늘 같은 날이 오는군요. 우리 황영웅 가수가 대구 정모에 내려 온다니 새벽부터 마음이 설레 일찍 일어나 가수님 노래를 듣고 우리 가수님 영접에 두둥실 마음이 들떠 얼마나 행복하고 즐거운지 몰라요. 이렇게 세상 살맛을 느끼게 하는 가수는 생전 처음이랍니다."

"힘차면서도 부드러운 중저음으로 음 빛깔과 호흡을 마치 첼로의 현 위를 오가듯이 조화롭게, 자유자재로 조절해가며, 깊은 몰입 속에서 혼신(渾身)을 다하여 부르는 노래가 놀라웠습니다."

황영웅을 지켜낸
조갑제TV 댓글편지 10만 통

"제가 오늘 야근을 하는데 어느 환우 분 모습을 보고
깜짝 놀랐습니다. 어디에서 들릴 듯 말듯 가느다란
소리가 나, 소리 나는 쪽으로 가 보았는데 환우 분이
황영웅님 노래 '인생아 고마웠다'를 들으며 가슴에
핸드폰을 안고 주무시는 모습을 보면서 눈물이
났습니다. 그분은 많이 아프신 시한부 환우 분인데
노래는 듣고 싶고 옆사람에게 피해 주지 않으려
핸드폰을 수건에 싸서 가슴에 묻고 황영웅님 노래
들으시면서 잠든 모습이 너무나 가슴 아프고
애처로웠습니다. 이렇게 황영웅님 노래가 이러한
분들에게 심금을 울립니다. 저도 그분 모습을 보고
너무 가슴이 무너지도록 아팠습니다."

03810

9 791185 701776
ISBN 979-11-85701-77-6   값1,5000원